Oliver Driver

Budda bei de Fische

Oliver Driver

Budda bei de Fische

Kurzgeschichten

Heiter-Besinnliches und harter Tobak
für und über Esoteriker

Der Autor

Oliver Driver, Jahrgang 1963, arbeitet als Inhaber des **coaching salon** in Köln in der Personalentwicklung mittelständischer Unternehmen sowie als Coach für Führungskräfte und Privatpersonen. Sein Herz schlägt für systemisches Coaching, wertschätzende Kommunikation, *open space*, *circle work*, *world café* und ähnliche Formate, aber auch für schamanische Rituale und Spiritualität.

Er bildet Coaches, Trainer, Heilpraktiker u.a. in schamanischen Techniken aus. Zu diesem Thema sowie angrenzenden Bereichen hat er verschiedene, im Schirner Verlag erschiene Bücher geschrieben.

So, wie Schamanen Grenzgänger zwischen den Welten sind, so wechselt Oliver Driver vom Coach zum Schamanen zum Autor und verbindet so diese gar nicht so verschiedenen Welten.

Weitere Informationen zu Oliver Driver finden Sie hier:

Business/Unternehmen/Coaching	www.coaching-salon.net
Schamanismus	ww.stadtschamane.com

Impressum

Originalausgabe

ISBN 978-3-84234-805-9

2. Auflage 2011

Redaktion, Satz und Umschlaggestaltung: Oliver Driver

Umschlagfotos:
28678850, 13622863 und 4919009 (www.fotolia.de)

Herstellung und Verlag: Books on Demand GmbH, Norderstedt

Bibliografische Information der Deutschen Nationalbibliothek

Die Deutsche Nationalbibliothek verzeichnet diese Publikation in der Deutschen Nationalbibliografie; detaillierte bibliografische

Dieses Buch widme ich Irina, der Augenheilerin, Schwitzhütten-Toni, den Mäusen meiner Tochter, Klaus, den Quanten, Sri Mama, Don Ramon, Martha Schmidt, Rodolfo, dem Tantra-Gott und allen anderen wahren und erfundenen Personen. Und meinem Ego.

Tsjakkaa, Tsjakkaa!!!!

Inhalt

Vorwort

Lachen heilt. Wer dreimal täglich richtig aus tiefster Seele lacht, wird weniger krank und manch einer hat sich schon mit Lachmeditationen geheilt. So furchtbar, wie die Welt heute manchmal erscheinen mag, hilft oft nur noch der Humor darüber hinweg. Wussten Sie, dass es Ende der Siebziger dem Journalisten Norman Cousins gelang, sich durch eine selbst erdachte Lachtherapie von Morbus Bechterow zu heilen? Er sah sich einfach monatelang lustige Filme berühmter Komiker an. Nicht schlecht, oder?

Da trifft es sich doch gut, dass gerade die Esoterikszene dazu herausfordert, sie einmal kritisch-distanziert und mit einem Augenzwinkern zu betrachten. Wer nicht über sich selbst lachen kann, wird nie erleuchtet. Nachdem ich mich einige Jahre mit dem ganzen Spektrum von Esoterik, Spiritualität, Religion, Philosophie und Psychologie beschäftigt habe, habe ich festgestellt, dass vieles, was heute in der esoterischen Welt angeboten wird, zumindest skurril erscheint. Ein gefundenes Fressen für jeden Kabarettisten, möchte man meinen.

Einige selbst erlebte Geschichten, ein wenig Erfundenes und auch eine Mischung aus beidem habe ich in meinen Kurzgeschichten festgehalten. Manche sind eher nachdenklich, andere kurz und knackig. In seltenen Fällen mag dem ein oder anderen dies schon als gemein erscheinen. Humor ist, wenn man trotzdem lacht.

Humor ist in der Esoterik nicht allzu gängig, wenn er ironisch, zynisch oder gar sarkastisch wird. Man schwelgt lieber in Liebe. Friede, Freude, Eierkuchen scheint das Motto.

Wollen Sie immer nur Eierkuchen? Ich nicht. Ich hatte tierischen Spaß beim Schreiben dieser Geschichten und ich hoffe, dass Sie den beim Lesen ebenfalls haben werden.

PS:

Hey, bevor Sie etwas sagen. Bedenken Sie: Ich bin ausgebildeter Schamane des 5. Grades nach Montezuma inklusive des Aufbaukurses in der Tradition der sibirischen Kamelkotseher. Ich habe die Lizenz zu sehen. Ich sehe, wer meine Bücher liest und ich weiß, wer nicht darüber lacht. Seien Sie vorsichtig. Sollte ich Sie erwischen, werde ich den Hamster meiner Tochter wecken und ein furchtbares Ritual mit ihm veranstalten. Furchtbar für Sie, nicht für den Hamster.

Euch krieg ich noch!

Mensch, ich krieg die Krise! Jetzt war ich die ganze Woche auf diesem Heiler-Seminar und trotzdem kommt keiner. Ich sitze hier mit meiner gebündelten Heilerenergie und will doch nur behandeln. Sieht man mir denn überhaupt nicht an, dass ich jetzt erleuchtet bin? Schwinge ich nicht schon viel schneller? Ich mach´s schon ganz billig, nur eine freiwillige Spende wäre mir willkommen. In der Szene sprechen wir auch von Energieausgleich, gelegentlich auch Investition. Das hört sich aber so managementmäßig an.

Ich habe noch nie verstanden, warum all diese Menschen ein Problem damit haben, Kosten, Preis oder was auch immer zu schreiben. Haben Sie schon einmal bei Aldi gelesen: Norddeutscher Kartoffelsalat in der 500 g-Packung, freiwilliger Energieausgleich 1,19 Euro? Wie, Aldi ist auch nicht vergleichbar, das ist schließlich Kommerz?

Ja und was glauben Sie, wovon ich lebe? Meinen Sie, dass ich mit Erdnüssen bezahle? Glauben Sie mir, mein Bio-Händler um die Ecke hat auch ganz normale Preisschilder, selbst die kleine, schnuckelige Esoterikbuchhandlung hat Festpreise. Wenn ich dort ein Buch finde, dass 13,95 Euro kostet, und frage, ob ich es für 8,00 Euro haben könnte, gucken die nicht mehr so liebevoll. Eher schaut die feuerrothaarige Verkäuferin mich völlig verstört an, stammelt was von Buchpreisbindung und bringt ihre Räucherstäbchen in Sicherheit. Ich könnte mir gut vorstellen, dass man dort heilfroh und dankbar über die Buchpreisbindung in Deutschland ist. Wie könnte man ansonsten diese festen Preise mit dem Gewissen vereinbaren? Namaste, gib doch einfach, was es Dir wert ist…

Doch halt, es geht mir gar nicht ums Geld, ich will doch nur heilen, ich will meine neuen Fähigkeiten am lebenden Objekt testen und demonstrieren. Ich will kleine Wehwehchen und schwere Krankheiten weg machen. Phobie, fehlendes Urvertrauen, Krise in der Beziehung? Ist mir alles recht, leg Dich schon mal hin. Ich schau mal in Dich rein, irgendwas findet sich immer. Was, Du willst nicht? Vielleicht sollte ich Leute auf der Straße ansprechen? Ach komm, zier Dich doch nicht so. Du hast Probleme, Du kannst dankbar sein, dass ich Dir helfen will. Wieso reagierst Du denn jetzt so genervt? Du hast doch selbst gerade noch über Deine Rückenschmerzen gejammert. Nein? Du willst nicht? Weißt Du was? Du kannst mich mal! Dann mach doch Deinen Scheiß alleine, ich bin nicht auf Dich angewiesen.

Das Telefon klingelt, es ist mein alter Freund Thomas. „Hallo Thomas, wie geht´s denn so? Hast Du immer noch diesen Ärger mit Moni? Was, sie ist ausgezogen? Klasse! Äh, ich meine, schade. Aber vielleicht kann ich Dir energetisch helfen. Hast Du nicht Lust auf eine schnelle Energiekörperreinigung? Das können wir gleich hier nebenan machen, geht ganz schnell und tut auch nicht weh. Wie? Hmm, Du bist froh, dass sie weg ist? Du hast eine Neue? Du, ich habe jetzt echt keine Zeit, ich muss mal telefonieren“.

Sie ahnen es bereits. Akquise kann echt mühsam sein.

„Hi Moni, ich bin´s. Alles klar bei Dir? Hab schon die Geschichte von Thomas gehört, so ein Mist. Kann ich Dir irgendwie helfen? Ich habe gerade eine Weiterbildung in Auraheilung gemacht, vielleicht sollten wir das sicherheitshalber mal bei Dir checken? In der Aura kann sich echt sehr viel Dreck manifestieren, wenn man nicht aufpasst! Du glaubst ja gar nicht, welchen Einfluss all diese negativen Energien auf unser Leben haben können. Was, bei Dir ist alles ok, hat Christian gesagt? Woher will der das denn wissen? Nein! Der hat eine Quadroquant-Matrix-Ausbildung? Und der hat Dich gestern behandelt? Tja, kann man nichts machen. Mach`s gut!“

Hatten Sie in Ihrem Bekannten- und Freundeskreis einmal einen Heiler, Reiki-Meister oder EFT-Klopfer? Einen Möchtegern-

Schamanen, einen Gesundbeter oder Quantenheiler? Jemanden, der missionieren wollte, Ihnen unaufgefordert die Welt erklärte und ständig auf die Gelegenheit wartete, sie auf seine Liege zu bekommen? Und das nicht einmal für die schönste Sache der Welt, sondern nur für profane Heilung? Ich hoffe, Sie haben konsequent „Nein" gesagt. Ureigenes Erkennungszeichen eines Anfängers ist es, Gott und die Welt bekehren und heilen zu wollen. Glauben Sie, dass die weisen, alten Männer in Indien durchs Land ziehen auf der Suche nach armen Verklärten, die Erleuchtung benötigen? Kommt der Berg zum Propheten? Na also!

Ich bin der Berg. Ich sitze und sitze an meinem angestammten Platz. Ich habe Zeit…

PS: Die Inhaberin dieser oben genannten Buchhandlung gibt übrigens in ihrer knappen Freizeit Heilsitzungen – gegen freiwilligen Energieausgleich.

Ja, hallo, ich bin der …

Kennen Sie das? Sie haben sich zu einem Workshop oder Seminar angemeldet und wissen bereits vorher, was Sie erwartet. „Jetzt stellt sich jeder Mal vor, wie er heißt, warum er hier ist, was ihn im Leben so bewegt und was er sich von dem heutigen Tag alles erhofft."

Ich habe da eine ganz eigene Taktik entwickelt. Schon wenn ich in den Veranstaltungsraum gehe, schaue ich mit die Sitzordnung an und fühle mich ein. Wo wird die Vorstellungsrunde wohl beginnen? Hatte ich erwähnt, dass ich hoch sensitiv bin? Mit geschlossenen Augen nehme ich die Energie des Raumes auf und entscheide mich für den wahrscheinlichsten Stuhl. Denn ich will anfangen! Ich will nicht warten, bis soundsoviel Leute vor mir dran waren, dabei immer nervöser werden und dann im entscheidenden Moment anfangen zu stottern. Alles wurde bereits gesagt, es gibt nichts mehr hinzuzufügen, das ist mir zu riskant. Ich will der Erste sein.

Und wenn es dann losgeht und ich habe mich ausnahmsweise mit meinem Platz verschätzt, wäre also der Letzte, der etwas sagen soll, dann rufe ich einfach „Ich!“ auf die Frage, wer denn den Anfang macht.

„Ja, hallo, ich bin der Olli aus Köln. Ähm. Ich bin eigentlich ganz zufällig hier, ähm, ich selbst habe keine Probleme und wollte nur mal gucken, wie das denn hier so funktioniert mit der Aura und so. Ähm. Jaaa. Was ich mir erwarte? Och, eigentlich habe ich keine Erwartungen, ähm, Erwartungen werden sowieso immer nur enttäuscht. Ich lass mich mal überraschen.“

Stille. Ist doch gut gelaufen, hätte schlimmer kommen können.

„Ähm, Du bist dran“, stoße ich meine Nachbarin an.

„Eh, ja, ich bin die Susi, aus …“

Schade, heute hat er gar nicht gefragt, wir haben einfach angefangen. Will der denn gar nicht wissen, was ich zu sagen hätte?

World Wide Web

„Nun wird putziputzi gemacht, ich liebe euch alle. Licht und Liebe!“ poppt es auf meinem Monitor. Ist das nicht niedlich? Gefällt mir das? Soll ich drauf klicken? Na, erst mal sehen, was es noch so alles gibt.

Pling! Neue Meldung. „Das Glück Deines Lebens hängt von der Beschaffenheit Deiner Gedanken ab …“

Hieß das nicht ursprünglich mal anders? Gut, dass es den neuen Hirschhausen gibt. „Auf die Dauer der Zeit nimmt die Seele die Farbe Deiner Gedanken an“, heißt das Original von Marc Aurel. Bin ich kleinlich? Vielleicht war das ja gar nicht gemeint. Ich kommentiere es mal nicht.

Ich bin unterwegs auf meiner morgendlichen Runde auf Facebook. Früher hatten die Menschen Hunde, heute hat man Facebook. Man geht virtuell Gassi mit all seinen Freunden und einigen hundert Unbekannten, die man auf der Straße nie erkennen würde. Die Runde, die früher einmal um den Block mit einem kurzen Abstecher in das Gebüsch auf dem Kinderspielplatz ging, geht nun quer durch Deutschland und manchmal bis in die hintersten Winkel der Welt. Ich habe Kontakte auf einer kleinen Insel vor Panama, in Mexiko, Laos, Australien, natürlich in den USA, sogar in Österreich und der Schweiz. OK, ich gebe zu, dass mich niemand zwingt, jeden Kontakt zu bestätigen. Tu ich aber, wer weiß, wofür genau diese Person einmal gut ist. Netzwerken ist die Kunst der Stunde. Man hat keine Freunde und Kollegen, man hat Kontakte und Friends. Kontakte schaden nur dem, der sie nicht hat. Gähn. Die schüttet man mit all dem Müll zu, der einem während der langweiligen Arbeit im Büro gerade so mal in den Sinn kommt. Selbständige, Autoren, Musiker und Seminarveranstalter kündigen mit Macht ihre neuen

Werke und Veranstaltungen in der Hoffnung an, dass die ganze Welt auf „Gefällt mir“ klickt und das Geschäft wie geschmiert läuft.

Der Sowieso checkt gerade in dem und dem Café in der Züricher Innenstadt ein, der XY sitzt im Zug nach Hannover und freut sich über die Ansage des Zugführers, der auch holländisch spricht. N.N. gönnt sich erst einmal ein garantiert biologisch angebautes Müsli. Birgit ist so fuzzy-fuzzy. Wer arbeitet auf dieser Welt eigentlich noch, die Frage drängt sich wohl nicht nur mir auf. Ob es etwas damit zu tun hat, dass ich zurzeit mehr in der Esoterikszene unterwegs bin? Ist das der Lohn dafür, dass ich ein paar Bücher mit esoterisch-spirituellem Bezug geschrieben habe? OK, ich gebe zu, es geht darin um Schamanismus und auch um die Kraft der Gedanken, aber ist das ein Grund, mich nun so mit Liebe zuzuschütten?

Und dann immer diese furchtbar gefühlsduseligen Musikvideos. Hört denn von denen keiner auch mal Rapp, Techno, Indi oder ganz harmlosen Reggae? Immer nur Mantra, Whitney Houston oder irgendein unbekannter Barde mit Gitarre, der von seinen Kontakten gepuscht werden will. Muss es wieder einmal Miten und Deva Premal sein?

Da lobe ich mir meinen Nachbarn Pablo. Der sitzt im Ladenlokal auf der anderen Straßenseite und veranstaltet eine wüste Wrestling Show, ein Spektakel der besonderen Art. Eine martialische Wrestling-Show begleitet von Hard Rock-Musik und Kunstblut.

Heute Morgen beginnt sein Facebook-Tag mit „A Stairway To Heaven“, dem alten Rock-Mantra von Led Zeppelin. Die Kenner werden jetzt einwerfen, dass dieses Lied des Teufels ist. Ein paar Freaks haben nämlich festgestellt, dass die Musik rückwärts gehört, satanische Verse ergibt.

„Freuifreuifreui“ meldet sich da ein anderer Kontakt. Worüber denn verdammt noch mal? Doch ich habe keine Zeit mich weiter darum zu kümmern, zu viele neue Profilbilder, die ich checken muss.

Engel, Blumen, Natur, jeder präsentiert sich so, wie er gerne gesehen würde. Die, die noch an einem richtigen Foto hängen, haben im wirklichen Leben jedoch genauso wenig Ähnlichkeit mit ihren Fotos. Man mag sich halt mondän, sensibel, witzig, geheimnisvoll. Eben anders, als man wirklich ist.

Oho, Achtung! Hier kommt gerade die erste Petition des Tages. Irgendwo auf der Welt sitzt irgendjemand im Gefängnis, soll gehenkt, geköpft oder gesteinigt werden und die große Web-Community will ihn retten. Keiner weiß genau, worum es geht, aber schaden kann es ja nicht, schließlich ist man doch ein guter Mensch. Es wird drauf geklickt, bestätigt und die erste gute Tat des Tages ist getan. Keiner will zum Henker werden, also wird die Meldung schnell noch geteilt, sollen doch die anderen Kontakte den Job weiter machen. Rein, raus, fertig. Als ich ein wenig jünger war, war es eine gute Tat, einer alten Frau über die Straße zu helfen. Heute würde die nur ihre Handtasche umklammern, sich losreißen und um Hilfe rufen, wenn ich sie am Arm nehmen würde.

Letztens hatte ich im Wahn, einmal auch etwas so richtig Persönliches zu posten, berichtet, dass unsere kleine Tochter Asthma habe. Das passiert mir nicht wieder, innerhalb von einer Stunde hatte ich die tollsten Heilangebote. Ich soll doch während sie schläft, das XY-Mantra (ich habe es nicht so mit diesen Sanskrit-Wörtern) die ganze Nacht laufen lassen. Ein anderer wollte mir eine Ferndiagnose machen – natürlich gegen Vorauskasse. Und selbstverständlich waren Klopfen, Quantenheilung, Matrix und Co. auch dabei. Harmlos waren all die, die kostenlose Hilfe anboten, angefangen bei gut gemeinten Gebeten bis hin zu Beschwörungen und Karten legen.

Natürlich gibt es einen Ausweg aus dieser Flut. Rechts oben neben den Beitrag geklickt, und weg sind die Beiträge dieses Kontaktes. Für immer. Hoffentlich. Aber verpasse ich da nicht was? Werde ich nicht all diese Liebe vermissen? Was soll ich dann noch auf

Facebook bei all den Normalos, die genauso sind, wie ich selbst? Oder gar ganz raus aus der Sache. Aber hat mir nicht jemand erzählt, dass man sich bei Facebook gar nicht löschen kann? Dass die alle Daten für immer und ewig speichern? Soll auch in den AGB stehen, haben Sie die gelesen? Mache ich schon lange nicht mehr, solange es nichts kostet. Ich habe nichts zu verbergen.

Sie sind gar nicht bei Facebook? Sie sind noch bei XING? XING habe ich bereits durch, das war früher. Dort ist es sterbenslangweilig, nur Sachbearbeiter. Und überhaupt, nachdem ich die 100 Gruppen, in denen man maximal sein darf, ausgeschöpft habe, habe ich den Überblick verloren. XING ist tot, glaubt mir!

Wenn Sie auch auf Facebook sind und noch Kontakte brauchen, ich bin immer auf der Suche. Sie laufen natürlich Gefahr, dass ich über Sie schreiben werde… So, und jetzt ist Mittag. Schnell noch gepostet, dass ich jetzt was essen gehe, aber auf dem IPhone natürlich erreichbar bin und mich melde, wenn ich im Café eingecheckt habe. Ich poste dann mal ein Foto vom Kaffee und schreibe dazu meinen aktuellen Status: „Leckilecki Kuchilein!“

Auf zum Heiler

Es hilft alles nichts, ich muss es tun. Ich brauche einen Wunderheiler, so geht es nicht weiter. Ich bin nicht todkrank, es ist nichts schlimmes, aber es nervt und vor allem schmerzt es. Ich habe nämlich seit zwei Jahren hin und her springende Entzündungen an den Sehnen und Gelenken, die ganz spontan vor der Hand zum Fuß und umgekehrt wechseln. Massagen und manuelle Therapie haben nicht geholfen, die Wirkung von Cortisonspritzen hielt zwischen ein paar Stunden und einer Woche, doch spätestens dann schlich sich der Schmerz wieder ein. Schöner kann solch eine psychosomatische Geschichte doch gar nicht sein, oder?

Wenn es die Psyche ist, könnte man natürlich zu einem Therapeuten gehen. Aber was soll der denn finden, dass diese blöde Sache weg geht? Bleibt nur ein Wunderheiler, der macht bekanntlich alles weg. Der Mann wurde mir schon seit längerem empfohlen und man versicherte mir, dass der Erfolg der Behandlung nicht davon abhinge, ob ich an den Zauber glauben würde. Na dann, also auf zum Heiler. Fragen Sie mich bitte nicht, was der Mann gemacht hat, jedenfalls waren nach einem Termin beide aktuellen Entzündungen schmerzfrei.

Doch dann geschah etwas Dummes. Ich las von Mr. Wright. Dies ist eine rührende und zugleich tragische, wahre Geschichte, die ich in einem Buch des Arztes Steven Locke (The Healer Within) gefunden habe. Er erzählt von Mr. Wright, einem schwer an Krebs erkrankten Patienten, und seinem Arzt Bruno Klopfer. Mr. Wright hatte Lymphdrüsenkrebs im fortgeschrittenen Stadium mit Tumoren bis hin zu Apfelsinengröße. Die einschlägigen Behandlungsmöglichkeiten waren ausgeschöpft, man konnte sich nur noch bemühen, Mr. Wright die letzten Wochen so angenehm wie möglich zu gestalten.

Da hatten die Ärzte allerdings ihre Rechnung ohne Mr. Wright gemacht. Der hatte von einem neuen Krebsmedikament gelesen, das aber noch in der Testphase war. Nun war aber ausgerechnet seine Klinik in diese Tests aufgenommen und er setzte alles daran, in das Programm als Patient aufgenommen zu werden. Da seine Lebenserwartung nur noch bei einigen Wochen lag, man aber Testpatienten mit mehreren Monaten suchte, lehnte der Arzt dies ab. Doch Mr. Wright lies nicht locker, er wollte das Wundermittel wenigstens versuchen und irgendwann bekam der Arzt Mitleid und gab ihm an einem Freitag die erste von drei Injektionen.

Am Montag traf Mr. Klopfer auf einen ziemlich fitten Mr. Wright, der umherspazierte. Es stellte sich heraus, dass die Tumore um die Hälfte geschrumpft waren. Nach zehn Tagen wurde er als geheilt entlassen.

Und dann geschah das Tragische. Mr. Wright las in einem Artikel zwei Monate später, dass sich das Wundermittel als doch untauglich herausgestellt hatte. Er hatte umgehend einen Rückfall. Dem Arzt blieb dieser Zusammenhang nicht verborgen und er entschied, einen Test zu machen. Er nahm Mr. Wright wieder in einen Medikamententest, diesmal allerdings als einen der Patienten, die nur das Placebo bekamen. Mr. Wright jedoch erzählte er, dass es sich um eine doppelte Dosis einer besseren Variante des Wundermittels handelte. Der Arzt sorgte für einen entsprechend rituellen Rahmen und injizierte das neue Mittel.

Genau wie beim ersten Mal erholte sich Mr. Wright in kürzester Zeit und war symptomfrei, leider nur für die nächsten zwei Monate. Denn dann wurden die Testergebnisse des neuen Medikamentes veröffentlicht und darin stand, dass das Wundermittel völlig unwirksam war. Und obwohl Mr. Wright es gar nicht bekommen hatte, sondern nur eine Salzlösung injiziert wurde, war er doch geheilt worden. Der Krebs kam nach dieser Information wieder und Mr. Wright starb diesmal innerhalb von wenigen Tagen. Er hatte seinen Glauben verloren.

Was aber folgere ich nun für mich aus dieser Geschichte? Nun, da ich weiß, dass die Heilung von meinem Glauben daran abhängen könnte, wie gehe ich damit um? Wie finde ich einen Arzt oder Heiler, der mich glauben macht?

Gerade beim Schreiben spüre ich, dass mein linkes Handgelenk schmerzt, das ist doch wohl jetzt nicht wieder die alte Geschichte? Ach, hätte ich doch niemals von Mr. Wright gelesen…

Achtung! Esoterik!

Es gibt zwei Sorten von Menschen, Esoteriker und Nichtesoteriker. Letztere müssten wir der guten Ordnung halber aufteilen in die, die wirklich mit Esoterik nichts am Hut haben und die, die zwar hin und wieder die einschlägigen Bücher lesen, dies aber eher wie einen Blick über den Tellerrand betrachten – bloß nicht vom Teller herunterfallen. Diese Menschen trifft man oft im beruflichen Kontext in ganz seriösen Positionen zusammen mit dem Rest der zweiten Gruppe. Niemals würden sie zugeben, dass sie Eckhart Tolle oder Pierre Franckh lesen.

Ganz am Rande unserer Gesellschaft stehen die Esoteriker, die sich selbst verwirklichen, die, die an die Bestellung beim Universum glauben. All die, die keine Zweifel daran haben, dass sie täglich mit Engeln sprechen und dass alles sowieso gut wird. Daneben gibt es noch die, die auch das schlimmste Erlebnis nur als Prüfung auf dem Weg zu ihrem Ziel betrachten. Jeder hat von diesen Leuten gehört, manchmal sieht man sie auf der Straße. Plötzlich sind sie wie vom Erdboden verschluckt. Wenige Meter später schlägt einem Weihrauchgeruch entgegen, leise Sphärenklänge kommen aus der kleinen Buchhandlung. Das war also das Geheimnis des Verschwindens. Da ist langsame Musik, man trinkt grünen Tee mit Litschi-Aroma, es scheint mehr ein Tempel als ein Geschäft zu sein.

Otto Normalbürger hat hier eine Tür-Hemmschwelle zu überschreiten, die der eines Sexshops gleicht. Na ja, da kann man wenigstens mal im Suff oder auf dem Junggesellinnenabschied einen Abstecher rein machen. Aber hier?

Zurück zu den Esoterikern. In Indien sind das doch diejenigen, die nackt, mit langen Haaren und am ganzen Körper mit Erdtönen bemalt, völlig ausgemergelt unter Bäumen sitzen und tagelang meditieren, oder? Kennen Sie die malerischen Bilder der Yogis, die alle gemeinsam ihr rituelles Bad im Ganges nehmen? Zugegeben, das sind wahre Könner, bei uns in Köln gibt es die kaum. Oder habe ich sie einfach noch nicht gefunden? Yogi und Nicht-Yogi, Guru und Nicht-Guru sind im deutschen Alltag aber auch nur noch von Insidern zu unterscheiden.

Wie kommt es zu der mentalen Spaltung in diese Gruppen? Grenzen sie sich aus oder grenzen die anderen sie aus? Esoteriker und Nichtesoteriker schauen gelegentlich bis immer ziemlich verächtlich aufeinander. Unter dem Diktat des Geldes betrachtet, zeigen sich schnell die ersten Unterschiede. Der Esoteriker macht sich nichts aus Geld, Geld ist nicht wichtig, was zählt, ist die Liebe. Alles ist Liebe, wer das nicht einsieht, ist zu bemitleiden. Wer dem schnöden Mammon hinterher hetzt, hat den Sinn des Lebens nicht verstanden. Der Nichtesoteriker würde eher sagen, der Esoteriker ist eben nicht erfolgreich, er hat keinen Ehrgeiz und ist ein Weichei. Da er zu dumm zum Geldverdienen ist, tut er so, als ob er sich nichts daraus mache, denn wenn der Esoteriker einmal die Chance hätte viel Geld zu machen, würde er dies natürlich tun. Und dann wollen wir doch mal sehen, ob er das Geld an die Bedürftigen spendet oder sich ein Reihenhaus kauft.

Im Coaching gibt es eine schöne Übung dazu. Überlegen Sie bitte einmal in Ruhe, was Geld für Sie bedeutet. Eigentlich eine einfache Frage, oder? Schreiben Sie also bitte die drei wichtigsten

Eigenschaften auf, die Geld für Sie hat. Und wenn Sie fertig sind, schauen Sie ganz am Ende dieses Buches nach, was es bedeutet und über Sie aussagt.

Wie kommt es eigentlich, dass Esoterik mehr oder minder zum Schimpfwort geworden ist? War Esoterik nicht ursprünglich eine Geheimlehre für einen begrenzten Personenkreis, also etwas Elitäres? Das Wort Esoterik tauchte erstmals im 2. Jahrhundert n. Chr. im Zusammenhang mit zwei Aspekten der Lehre Aristoteles auf, nämlich dem inneren, dem esoterischen, Aspekt, und dem äußeren, dem exoterischen, Aspekt. Etwas, das im inneren Kreis der Anhänger Aristoteles diskutiert wurde, wurde zu etwas Geheimen. Gehörten damals - und dies auch bis zum heutigen Tag - anerkannte Wissenschaften zu den esoterischen Themen in ihrem ursprünglichen Sinne, so hat die Allgemeinheit davon heute scheinbar nie etwas gehört. Sie versteht darunter eher Okkultismus, Astrologie und all die Lehren, die mit dem Verstand nicht zu greifen scheinen und dementsprechend in einer modernen Gesellschaft nichts zu suchen haben. Der gemeine Esoteriker ist heute in vieler Menschen Augen ein Spinner, ein Aussteiger, ein verquerer Weltverbesserer, der in einer nicht wirklich existenten Traumwelt lebt. Und irgendwie könnte man den Eindruck haben, dass dies stimmt.

Was wir brauchen, ist ein neues Wort. Ein Wort, das nicht verbraucht und vorbelastet ist, ein Wort, das zwischen der materiellen, kognitiven und der geistigen spirituellen Welt vermittelt ohne in Schubladendenken zu verfallen. Aber würde das helfen? Ist es nicht ureigenes Charakteristikum unserer Gesellschaft seit der Aufklärung, dass der Verstand die Herrschaft übernommen hat? 500 Jahre lassen sich nicht so einfach zurückdrehen.

Hoppla, habe ich da nicht noch eine Gruppe vergessen? Da ist noch eine sehr interessante Gruppe, die, die versuchen, diese Welten zu verbinden. Also die, die die Schaufeln, Spitzhacken und Siebe

herstellen und verkaufen für die esoterischen Goldsucher. Das sind die Buchhandlungen, die Autoren, die Verlage, die Hersteller von Pendeln, Räucherwerk, Rasseln, Decken, Klangschalen, Buddhastatuen und, und, und. Und wir alle danken Euch!
Kribbeln ist Heilung, wussten Sie das? Je mehr es kribbelt, desto besser. Nur wirkliches Zittern ist noch besser. Schon ganz zu Anfang meiner schamanischen Ausbildung lernte ich, dass der Klient sich während einer Sitzung tunlichst nicht bewegen solle. Er darf nicht die Beine übereinander schlagen, sich nicht kratzen, keine Faust ballen und auch das Gesicht nicht zu einer Grimasse verziehen, nur weil die Nase vielleicht juckt. Jede Bewegung kann die Heilung abrupt unterbrechen und wer will das schon? Jucken, Zucken, alle Reize, die wir empfinden, wenn wir zur Untätigkeit verdonnert auf der Behandlungsliege liegen und reichlich Zeit haben, unseren Körper zu beobachten, sind Energien, die sich neu ordnen. So geschieht Heilung. Da hat man sich einmal überwunden, zu einem Schamanen zu gehen und dann aus eigener Dummheit scheitern? Nein, diese Ausrede gewähren wir dem Meister nicht, wir werden still halten bis zum letzten Moment. Die Fliege, die Nasen und Ohren erkunden möchte, stößt auf einen Tag der offenen Tür, was tut man nicht alles. Wenn es irgendwo juckt, werden wir diese Heilung stillschweigend und regungslos genießen.

In einem anderen Workshop mit einem Heiler, der Elemente aus dem NLP mit Hypnotherapie, Rückführungen und allerlei esoterischen Dingen vermischte, lernte ich, dass das Zittern, das oft nach einem Schock auftritt, ein Vorgang der Heilung sei. Bei meinen Nachforschungen stieß ich auf den bioenergetischen Psychotherapeuten und klinischen Sozialarbeiter David Berceli, der für die Traumtherapie eine Behandlungsmethode entwickelte, die u.a. auf dem Zittern beruht. Seine Erkenntnis aus jahrelangen Forschungen war, dass speziell posttraumatische Belastungsstörungen sehr tief körperlich gespeichert sind und einer eigenen Auflösung bedürfen. So soll der Mensch bei einem erschreckenden Erlebnis gewisse Botenstoffe in den Muskeln aktivieren, die diese in Alarmbereitschaft versetzen. Nach überstandener Gefahr bauen sich diese Muskelanspannungen wieder ab. Bei gewissen Erlebnissen scheint dieses Modell nicht zu funktionieren und so bleibt die Anspannung für lange Zeit im Körper und das ursprüngliche Erlebnis wird immer und immer wieder inszeniert, da der Körper versucht, diese Spannung abzubauen, was oft nicht gelingt. Laut Berceli kann der Körper durch bewusst hervorgerufenes Zittern, den „neurogenen Tremor", diese Anspannung bereinigen. Tief empfundenes Zittern ist bei Tier und Mensch die natürlichste Form, extreme (traumatische-) Erregung wieder zu entladen. Damit kann der Organismus sich sozusagen selbst reinigen.

In meiner schamanischen Arbeit habe ich immer wieder das Gefühl, wenn meinen eigenen Körper so ein merkwürdiger Schauer durchfährt, dass dies der Moment der Heilung für den anderen ist. Oder ist dies reine Einbildung? Ist der wohlige Schauer, den man hin und wieder in der Meditation erlebt, ähnlich zu bewerten? Was aber ist mit der juckenden Nase? Jedes Mal, wenn ich mich überwunden habe, morgens dann doch zu meditieren, sitze ich kaum und habe die Augen gerade so geschlossen, beginnt das große Jucken. Kennen Sie das Gefühl, wenn Sie versuchen, einem Jucken nicht nachzugeben und sich nicht zu kratzen? Es wird immer stärker und stärker, es wird zu einem geradezu körperlichen Schmerz, der angesichts seines Ursprungs als kleines jungfräuliches Jucken geradezu lächerlich wirkt. Wo man ursprünglich nur mal gerade mit dem Nagel drüber gewischt wäre, ist dann ein großflächiges Rubbeln des Gesichts notwendig.

Aber so nicht. Nicht mit mir. Ich lasse mir meine Heilung nicht so einfach stehlen. Ich bleibe still sitzen und ertrage alles, was da ist. Ich erdulde 30 Minuten Jucken an allen Stellen des Körpers ohne mich zu bewegen, ich will die potenzielle Heilung nicht aus völlig egoistischen Motiven boykottieren. Ich kratze mich nicht und bin hart zu mir. Nun ja, die Meditation wird zur Qual, von Gedankenfreiheit ist keine Rede, aber was Recht ist, muss Recht bleiben, das ziehe ich durch. Welch billiger Trick des Bösen ist es doch, mich durch ein kleines Jucken von meinem Glück abhalten zu wollen.

Wasser holen und Holz hacken

Machen wir uns nichts vor. Sie lesen dieses kleine Büchlein doch nicht nur, weil Sie gute Unterhaltung erwarten. Sie sind auf der Suche, oder? Sie wollen einen weiteren Schritt Richtung Glück auf der spirituellen Karriereleiter gezeigt bekommen, diesmal vielleicht mithilfe einiger mehr oder weniger heiterer Anekdoten und Geschichten.

Kennen Sie die Geschichte der Trümmerfrauen? Wahrscheinlich sind Sie viel zu jung, als dass Sie sich an die Trümmerfrauen in der Zeit nach dem 2. Weltkrieg erinnern könnten. Diese Frauen sammelten 1945/46 im Auftrag der Alliierten (wenn auch nicht immer ganz freiwillig) Steine von den 4 Millionen zerstörten Häusern, säuberten und stapelten sie, um daraus neue Häuser zu bauen. Im Nachhinein wissen wir zwar auch nicht, was die einzelne Frau damals bei der Arbeit gedacht hat. Aber sie taten ihre monotone und harte Arbeit über viele Monate und trugen so zum Wiederaufbau Deutschlands bei.

Sehe ich heute Menschen, deren wichtigstes Ziel eine Art spiritueller Karriere ist, überkommt mich schon die Frage, ob dies der

Weisheit letzter Schluss ist. Woher kommt dieser Zwang? Oft ist da kaum ein Unterschied zur Karriere des durchschnittlichen Business-Menschen, der nach Geld und Macht strebt. Statt Geld und Macht strebt der spirituelle Karrierist nach Erleuchtung und Weisheit. Beide sind mit dem, was ist, und dem, was sie haben, nicht zufrieden. Beide leben nicht im Hier und Jetzt, sondern hoffen auf eine bessere Zukunft. Beide sind vom Ego gesteuert.

Der Genuss des Augenblicks wird vertagt, erst einmal muss da noch der Stapel Bücher verschiedener spiritueller Gurus und neuester Heilmethoden durchgearbeitet werden. Irgendwann kommt dann hoffentlich die Erleuchtung. Viele fühlen sich schlagartig zum Heiler berufen, wobei sie völlig außer Acht lassen, dass Heilung immer nur in uns selbst geschieht. Um mich zu heilen, brauche ich keine Heilerausbildung und keine Gurus. Ein einfaches, bewusstes, von Dankbarkeit für das, was ist, erfülltes Leben genügt bereits. Und dennoch drängt es vor allem Frauen dazu, eine Karriere als Heiler, als psychologischer Berater oder was auch immer anzustreben. Der Mann arbeitet und geht fremd, die Kinder sind aus dem Haus und die Freundinnen reden nur noch über Krankheiten.

Es werden also ein paar Scheine gemacht, eine Heilerausbildung, der ein oder andere Workshop und vielleicht setzt man sich sogar hin und büffelt für den kleinen Heilpraktikerschein, die staatliche Legitimation zum Heilen.

Habe ich die Geschichte von der selbst erklärten Heilerin erzählt, die eine Ausbildung als psychologischer Berater bei einem bekannten Wunderheiler machen wollte? Sie berichtete, dass Sie glücklich verheiratet sei, dass sie ein kleines Haus besäßen und dass sie bei ihrem Mann im Büro mitarbeiten würde. Die Geschäfte liefen, mal besser, mal schlechter. Sie allerdings wollte sich als Heilerin selbständig machen und ich sollte doch bitte da noch ein paar

Blockaden auflösen. Ihr Mann stand bei all dem voll hinter ihr – er kam übrigens mit.

Elli, so nenne ich sie jetzt mal, hatte eine Ausbildung zum psychologischen Berater angefangen. Nun ist „psychologischer Berater“ ein in keiner Hinsicht geschützter Begriff, ich kann mich so nennen und Sie natürlich genauso. Entsprechend verbirgt sich dahinter ein Wust an mehr oder weniger fragwürdigen Methoden. Manche wirken, manche wirken nicht, vieles ist eine Frage des Glaubens – aber auch der Glaube kann bekanntlich Berge versetzen.

Voraussetzung für die Teilnahme an dieser Ausbildung war, dass man sich zuvor intensiv mit sich selbst beschäftigt hat. Das ist nichts neues, in vielen therapeutischen Ausbildungen gibt es einen Block der Selbsterfahrung, der auch sehr zeitaufwändig sein kann. In diesem Fall hatte der Meister, den Elli sich auserwählt hatte, bestimmt, dass jeder Teilnehmer seiner Ausbildung erst einmal eine Rückführung machen müsse. Mit Schwerpunkt war der Meister Hypnotiseur und beschäftigte sich mit Reinkarnationstherapie und ähnlichem.

Jetzt denken Sie aber mal nicht, dass eine Rückführung reicht! Nein, es gab zu jedem Lebensjahr eine und das in jeweils einer Sitzung.

Für jedes Jahr des Lebens wurde eine Sitzung gemacht, alle negativen Erlebnisse aus dem jeweiligen Jahr wurden aus den Tiefen des Unbewussten hervorgeholt und behandelt. Da wollte uns jemand in der Kindheit an den Kragen, wir wurden möglicherweise misshandelt und im vorigen Leben waren sowieso die schlimmsten Gräueltaten geschehen. Oft war es schwer zu entscheiden, ob die eigenen oder die uns angetanen Taten die schlimmeren waren. Bei mir, 47 Jahre alt, macht das also 47 Sitzungen.

Und das ist noch nicht alles. Natürlich müssen wir auch noch ein wenig in den Mutterleib gehen. Machen wir also für die neun Monate der Schwangerschaft ebenfalls jeweils eine Sitzung. Hier haben wir wohl erstmalig einen positiven Effekt einer Frühgeburt. Das war es dann aber, oder? Nein, auch das nicht. Zumindest in ein paar Leben vor diesem werden wir schauen müssen. Wenn der Meister dabei den Eindruck hat, dass Elli nicht so richtig dabei war, ließ er sie auch schon mal eine Sitzung wiederholen.

In den Sitzungen suchte man nach Traumata, egal ob bekannt oder nicht, die im entsprechenden Zeitraum geschehen sein konnten. Wenn Elli nichts einfiel, wurde geschickt nachgefragt. Irgendwas fand sich immer. Auch wenn sich kein Mensch an diese Geschehnisse erinnern kann, spätestens wenn er diese Behandlung abgeschlossen hat, hat er einen Sack voller Probleme für den nächsten Heiler.

Ich gestehe, ich wäre zu geizig für die Behandlung. Mit 47 Jahren hätte ich 47 Sitzungen à 150 Euro machen müssen. Dazu kämen für die neun Monate im Bauch meiner Mutter weitere neun Sitzungen und für die prä-uterale Phase, also die früheren Leben, nochmals eine ganze Serie. Klappte einmal eine Sitzung nicht so, wie der Meister es wollte, so wurde diese wiederholt. Nachsitzen. 47 Jahre plus 9 Monate plus zweimal Nachsitzen plus ein paar vorherige Leben machen insgesamt 9.000 Euro. Die Ausbildung kostet weitere 5.000 Euro…Wie viel gesunder Menschenverstand ist wohl notwendig, um dies zu durchschauen?

Natürlich kann man sich Wissen auch anlesen. An Büchern liest man alles, was in den einschlägigen Zeitschriften und anderen Medien angepriesen wird, alles möglichst leicht verdaulich und flott geschrieben. Kaum zu glauben, wovon sich all die Autoren bereits selbst geheilt haben. Da niemand sich die Mühe macht, die alten Philosophen zu lesen, wenn diese nicht an prägnanter Stelle zitiert werden, fällt auch nicht auf, dass die meisten Bücher nichts als aufgewärmten Kaffee enthalten, der seit 2.600 Jahren bekannt ist. Ich gestehe, mir gefällt das. Denn auch ich schreibe Bücher.

Ist da ein Unterschied zwischen dem ambitionierten Heiler und dem ganz normalen Karrieremensch? Der hat das Ziel Erleuchtung durch finanzielle Sicherheit und Macht ersetzt. Eines Tages wird er sich zurücklehnen können und sein Leben genießen. Später. Manche haben sogar gewechselt: die Karriere im Business war doch nicht so erfüllend, vielleicht kam noch ein psychisches oder körperliches Problem dazu, und so suchte man sein Glück in der Spiritualität. Burnout, Bandscheibe, Herzinfarkt oder „Frau weg“ heißen in der Regel die Auslöser für solche Situationen. Jetzt kommt die Frage nach dem Sinn des Lebens auf den Tisch. Wofür habe ich das alles veranstaltet, wenn ich jetzt so ende?

Eine andere Variante ist der von Glück und Erfolg verwöhnte Mensch. Halbwegs glücklich verheiratet, zwei gesunde Kinder, das eigene Häuschen steht und der Beruf ist auch sicher. Und was jetzt? Soll das etwa bereits alles gewesen sein? Dies ist der Moment, in dem viele Menschen ihre Krise nehmen und manche davon kommen auch zu mir. Ihnen erscheint das letzte, hehre Ziel so etwas wie Erleuchtung, spirituelle Erweckung, oder was auch immer zu sein. Alles Erreichte tritt in den Hintergrund, das Leben ist bestimmt von dem Unbekannten, das da vielleicht noch irgendwo hinter dem Horizont auf uns warten könnte. Manchmal könnte man meinen, da verstecken sich siebzig paradiesische Jungfrauen, wie es uns im Koran für das Leben nach dem Tod versprochen wird. In unserer Gesellschaft beginnt sich unbemerkt der Zwang zur spirituellen Selbstverwirklichung einzuschleichen. Sich einfach kaputt zu arbeiten ist Out, In ist auf seine persönliche Work-Life-Balance zu achten. Einerseits sinnvoll, andererseits ersetzt es nur alte Ziele durch neue. Bekanntermaßen gibt es die Erfüllung jedoch nur im Hier und Jetzt, da ist nichts im Morgen zu holen. Suche ich dort, werde ich nie finden, eine vertrackte Situation. Im Zen heißt es *„Vor der Erleuchtung*

Wasser holen und Holz hacken, nach der Erleuchtung Wasser holen und Holz hacken".

Geht es am Ende „nur" darum, ein erfülltes Leben im Einklang mit mir selbst, der Gesellschaft und der Natur zu leben? Wie steht es um Ihre spirituelle Karriere?

Quanten-Quatsch

Sind Sie kreativ? Fällt Ihnen vielleicht ein Buchtitel ein, der irgendwo das Wörtchen „Quanten" enthält? Vielleicht in Kombination mit „Matrix" und „2014"? Oder war es „2012", wann geht die Welt noch unter? Etwa: „Matrixheilung mit dem Quantenengel 2014". Wenn Sie eine schlagkräftige Kombination gefunden haben, die Sie bei Amazon noch nicht als Buch finden, schreiben Sie mir. Bücher über Quantenheilung sind gerade der Renner und Sie bekommen zehn Prozent von meinen Tantiemen. Da kommt mir eine Idee! Vielleicht ist „Quantenheilung" schon völlig verbraucht und wir beide sollten besser den kommenden Bestseller finden. Was könnte das nur sein, was ist der Trend für das kommende Jahrzehnt? Religion ist ein Thema, leider aber zu vorbelastet. „Heilung mit der Kraft der Aliens" wäre eine Möglichkeit. Erfinden Sie erst einmal den Titel, ich schreibe dann etwas Passendes dazu. Aber wehe Ihnen, Sie schreiben das Buch selbst! Verflucht seien Sie!

Seit Jahrtausenden schreiben die Menschen über Heilung, seit einigen Jahren über Quanten. Hätten Einstein, Heisenberg und die anderen geahnt, was heute alles mit der Existenz von Quanten begründet wird, würden Sie sich heute noch im Grabe umdrehen.

Manche Autoren erwähnen die Quantenmechanik dann auch nur im Titel und im weiteren Buch nicht mehr, anderen verlaufen sich in obskuren Erklärungsversuchen einer physikalischen Theorie, von der schon der Nobelpreisträger Richard Feynman sagte:

„Ich las in einer Zeitung, es soll eine Zeit gegeben haben, in der nur 12 Leute Albert Einsteins Relativitätstheorie verstanden. Ich glaube nicht, dass es jemals eine solche Zeit gab, aber ich kann mit Sicherheit sagen, dass niemand die Quantenmechanik versteht.“

Dies ist übrigens kein Plädoyer gegen die Heilung, ich bin mir sicher, dass auch Quantenheilung funktioniert – gerade weil sie auf seit Jahrtausenden bekannten und benutzten Erfahrungen beruht. Da lobe ich mir doch die alten Schamanen, die schon immer wussten, dass das Leben ein Traum ist, erschaffen von uns selbst, die wir dieses Selbst wohl nie verstehen werden…

Eine Blume gehört nicht ins Chakra[1]

In der dunklen Kapelle des alten Klosters bei Venlo, direkt hinter der deutschen Grenze, liegen auf Decken kreuz und quer fünfzehn Personen in Rückenlage auf dem Boden. Davor hocken, knien und sitzen fünfzehn Junior-Schamanen, kreisen mit den Händen in imaginären Chakren durch die Luft, suchen Energiefelder, rühren in ihnen, jeder guckt, was der andere gerade tut, keiner weiß,

[1] Überarbeiteter Auszug aus „Die Reise meines Lebens“, Schirner Verlag 2008

was er da genau eigentlich macht. Finden diese Seminare vielleicht gar in Holland statt, weil das alles in Deutschland verboten ist? Der Gedanke drängt sich mir immer mal wieder auf.

Neben mir beginnt eine der auf dem Boden liegenden Frauen laut und stoßend zu lachen, weiter hinten hört man ein leises Wimmern, das dann zu einem beängstigenden, wahren Weinkrampf wird. Einige Minuten später singt jemand, allerdings nur konstant einen einzigen glasklaren Ton, der hin und wieder die Höhe wechselt. Einige schluchzen jetzt laut. Wo bin ich hier nur gelandet? Pass bloß auf, dass Du hier nicht auch noch so endest, denke ich! Das hat mir noch gefehlt. Panik, mein Ego meldet sich.

In dieser Runde bin ich der Heiler, Seher werden wir erst im zweiten Kurs. Meine vor mir liegende Klientin regt sich nicht auffällig, was mich einerseits beruhigt, mir andererseits aber auch Sorgen macht. Ich weiß heute gar nicht mehr genau, welches Problem sie hatte, aber Hauptsache „weg damit!"

Unsicher schaue ich sie an und beobachte die anderen bei ihrer Arbeit. Warum schreit, zuckt oder singt meine Übungspartnerin nicht, was mache ich nur falsch? Keine Träne, nichts. Die Nervosität steigt, was soll ich denn hier eigentlich sehen, wie sieht denn so ein Chakra aus? Wo finde ich den Schmutz, den andere mit Schweiß auf der Stirn seit Minuten aus den Chakren schaufeln? Einer spinnt hier, bin ich das oder die 30 anderen?

In meiner Vorbereitung auf diesen Kurs – eine gute Vorbereitung ist die halbe Miete, hatte ich mir gedacht, und alles Passende noch schnell gelesen - hatte ich in den Büchern des großen Schamanenausbilders Alberto Villoldo gelesen, dass man dann einfach so tun solle, als ob man etwas „sehen" würde, der Rest würde sich schon von selbst ergeben. Und das tat ich dann auch.

Dann habe ich die Idee, dass vielleicht ein wenig Phantasie nicht schaden könne. Mehr als nichts „sehen", kann ja wohl nicht passieren. Ich beschließe, eine Blume in das Sexual-Chakra, sprich kurz unter den Bauchnabel meiner Klientin, zu pflanzen. Ich setze also einen fiktiven Samen, bedecke ihn gedanklich vorsichtig mit Erde, die ich leicht fest puste. Keiner merkt etwas, denn alle pusten munter unsichtbare Energien aus ebenso unsichtbaren Chakren. Das kann ja hier heiter werden. Eine ganze Woche soll die Geschichte dauern? Mit ein wenig gepustetem Regen entwickelt sich nach und nach ein kleiner gelber Keim, sprießt aus der Erde, will von mir gepflegt werden. Ich umwedle ihn wie ein Schlangenbeschwörer mit den Händen und puste gelegentlich dabei vorsichtig. So wächst mein kleines Pflänzchen zumindest in meiner Vorstellung wohl behütet im Bauchnabel meiner Klientin zu einer fetten, fleischig-grünen Pflanze mit behaarten Blättern und länglichen violetten Blüten.

Eine der Assistentinnen, die jetzt hinter mir steht und die übrigens ziemlich normal – also nicht wie ein Sektenmitglied - aussieht, flüstert mir zu: „Mach weiter so, sie kommt“.

Sie kommt??? Ich schaue mir meine Klientin nochmals genauer an und siehe da, könnte da nicht eine kleine Träne kommen, zittert die Halsschlagader nicht ein wenig mehr als vorher? Sind da nicht viel weniger Fliegen auf ihren Armen? „Achtet auf die Zeichen“, hatte der Meister gesagt. Begeistert mache ich weiter an ihrem Chakra.

Zum Abschluss habe ich die fette, fleischige und leicht behaarte Pflanze, einer Sonnenblume nicht unähnlich, natürlich wieder weggepustet; eine Blume gehört nicht ins Chakra, sagen die Fachleute. Nichts gehört da hinein, ein Chakra hat glasklar zu sein. Ich hatte keine Ahnung, ich hatte noch nie eins gesehen, aber das war hier wohl auch egal. Meine Klientin hat sich später massiv bei mir beschwert, wie ich auf die Idee käme, ihr eine Blume dort reinzupflanzen. Und überhaupt, warum ich so wenig gepustet hätte, die anderen hätten viel mehr und auch besser gepustet.

Nicht schön, wenn der erste Patient bereits eine Reklamation hat. Glaube aber schon, dass es auch geholfen hat. Nach dieser ersten wirklichen Heilung und deren Wirkung auf einige meiner Mitschüler entschließe ich mich tief drinnen, hier erst einmal nicht an mein eigenes Eingemachtes zu gehen und bevorzuge nur die meiner Ansicht nach zweit- bis drittwichtigsten Themen, sprich Probleme, meines Lebens zu offenbaren und behandeln lassen. Schadet ja nicht, wenn man die auch los wird.

Pssst! Ich bin auch Heiler…

Einmal, ganz zu Anfang meiner Coach-Karriere, war ich einem bei einem großen, deutschen Unternehmen und habe mich dort vorgestellt, um in den dortigen Coach-Pool aufgenommen zu werden. Dazu erzählt man ein wenig über sich selbst, erklärt, warum man den guten Job in der Immobilienwirtschaft aufgegeben hat und welche Methoden und Tools man beherrscht. Die Leiterin der Personalentwicklung war eine Mittvierzigerin, also genau die Klientel, die auch gerne einmal eine schamanische Sitzung ausprobieren.

Wie meistens, richtete sich nach kurzer Zeit der Fokus ihres Interesses ganz auf die schamanischen Elemente meiner Arbeit. Coaching und Teamentwicklung, wegen denen ich ja nun eigentlich dort war, waren zweitrangig. Wie konnte es passieren, dass aus einem guten Ingenieur ein schamanischer Coach wurde? Was ich denn da genau mit den Menschen mache, wenn Sie zu mir kommen? Für solche Fälle hatte ich immer je ein Exemplar meiner ersten beiden Bücher dabei, die sie gerne als Geschenk annahm.

Über eine Stunde sprachen wir über dies und das, dabei anwesend war auch eine Praktikantin der Personalabteilung, die aber während der ganzen Zeit nichts sagte. Ich hatte das Gefühl, sie musste mich für einen ziemlich schrägen Vogel gehalten haben. Irgendwann war das Gespräch beendet und die Chefin brachte mich zurück zum Aufzug.

Kurz bevor dieser sich öffnete, geschah es: „Ich habe auch eine Heilerausbildung“, outete sie sich mit zitternder Stimme und strahlte mich an. Ich lächelte, der Aufzug war da und ich stieg ein in bester Hoffnung auf eine lange und erfolgreiche Zusammenarbeit mit diesem Unternehmen. Ich habe nie wieder etwas von der Dame gehört…

Sabotage

Hören Sie auf Ihren Bauch! vertrauen Sie Ihrer Intuition! Seien Sie einfach Sie selbst und vertrauen Sie auf das Leben. Sie kennen all die Ratgeber, die uns glauben machen wollen, dass wir nur darauf vertrauen müssten und alles wäre in Butter. So ein authentisches und eindeutiges Bauchgefühl mag ja etwas tolles sein, doch bis vor einigen Jahren beschränkte sich dies bei mir eher auf das volle Gefühl im Bauch, wenn ich beim Fernsehen mal wieder die ganze Tüte Chips allein gegessen hatte.

Nun begab es sich zu einer Zeit, dass sich bei mir die Zeichen häuften. Man konnte den Eindruck bekommen, dass das Leben mir etwas sagen wollte, ich will hier gar nicht auf die Einzelheiten eingehen, Ihnen aber doch eine Geschichte erzählen, die mich nachdenklich gemacht hat, weil sie doch so unwahrscheinlich war, dass ich nicht mehr an Zufall glauben konnte.

Vor einigen Jahren hatte ich eine Stelle in der Geschäftleitung eines kleinen Unternehmens in Hamburg angenommen, ich wohnte damals in Köln. Am ersten Tag setzte ich mich um 5.00 Uhr morgens ins Auto, so dass ich bis 10.00 Uhr jedenfalls pünktlich zu meinem Amtsantritt dort sein würde. Nach einhundert Kilometern merkte ich, dass mein Auto doch mehr Diesel als normal verbrauchte. Etwas stimmte nicht und der Verbrauch schien noch anzusteigen. Ich konnte der Nadel der Tankanzeige beinahe zusehen, wie sie sich gegen Null bewegte.

An der nächsten Abfahrt verließ ich die Autobahn noch gerade rechtzeitig und schaffte es bis zum dortigen Autohof. Dort war dann aber auch Schluss. Ich sah unter meinem Auto eine schillernde Dieselpfütze. Der Tank war absolut leergelaufen, ich hatte gerade 50 Liter Diesel während der Fahrt auf der Autobahn verloren. Deutlicher konnte das Leben mir eigentlich nicht zeigen, dass dieser Job für mich nicht der richtige war. Doch ich hatte es eilig, rief den ADAC an, ließ mich abschleppen, nahm mir einen Leihwagen und fuhr weiter.

In Hamburg angekommen, passierte mir schon wieder etwas Merkwürdiges. Als ich das riesige Gebäude betrat, in dem interessanterweise auch eine große deutsche Krankenversicherung saß, spürte ich nahezu körperlich eine Energie, die mich lähmte, reizte und abstieß. Sicherlich haben Sie von Spiegelneuronen gehört, des Neurologen liebstes Kind, wenn es darum geht, zu erklären, warum wir fühlen, was andere Menschen fühlen. Meine Spiegelneuronen jedenfalls spielten verrückt. Zehn Wochen lang testete ich täglich diese Energie und es wurde nicht besser. Ich kündigte.

Ich sage Ihnen: Achten Sie auf die Zeichen. Alles, was Sie wahrnehmen, hat eine unmittelbare Bedeutung für Sie.

Sterben um das Leben zu erkennen

Gestern Abend traf ich Klaus. Klaus ist ein alter Freund, den ich vor Jahren in meiner Schamanenausbildung kennen gelernt habe. Damals haben wir gemeinsam im Wald gesessen, gerasselt und darauf geachtet, dass die Spaziergänger uns nicht für völlig durchgedreht hielten. Seitdem treffen wir uns hin und wieder, quatschen über alte Zeiten und trinken gemütlich das ein oder andere Bier. Mit schöner Regelmäßigkeit geraten wir nach 3-4 Bier auf die schiefe Bahn, wir beginnen zu philosophieren.

„Glaubst Du, wir müssen wirklich sterben?“ fragte ich. „Niemand kann uns erzählen, wie es ist, zu sterben, alle sind tot.“ Ich nahm einen Schluck.

„Gute Frage. Kann es einen anderen Weg geben, das Leben zu erkennen, als den Tod? Bin ich danach nicht tot, ist alles gut, denn ich lebe und weiß, es gibt gar keinen Tod. Aber sind dann die anderen Menschen, meine Familie, ebenfalls in dieser Nachtodwelt? Dann wären sie auch alle mit mir gestorben. Sind sie nicht da, wo bin ich dann? Bin ich mutterseelenallein, wie alt bin ich? Oder werde ich gar in einem anderen Winkel der Welt wiedergeboren? Kann ich mich an nichts mehr erinnern, bin ich doch tot“, entgegnete Klaus und prostete mir zu.

„Wiedergeburt ist doch was völlig Beklopptes. Was hab ich davon, wenn ich wiedergeboren werde und mich an nix erinnern kann?“ machte ich weiter.

„Vielleicht ist das wie mit einer Musik-CD. Die bespielen wir auch immer wieder neu. Aber was ist ein Lied auf einer CD, das gelöscht wird? Ist die CD dann noch das, was sie einmal war? Kann die CD sich, wenn Sie neu bespielt wird, an ihr altes Lied erinnern? Und wohin ist das Lied verschwunden?“

Immer, wenn Klaus trinkt, wird er so weise.

Kennen Sie diese Gedanken? Sie können mich manchmal in den Wahnsinn treiben – besonders mit Klaus in der Kneipe. Seit Jahrtausenden beschäftigen sich die Menschen mit diesen Fragen und immer noch haben wir keine Antworten gefunden. Meine Frau verlässt übrigens konsequent den Raum, wenn ich damit zuhause anfange.

„Hey, alles ist eins, was sollen wir da den Tod fürchten", dachte Klaus laut.

„Gut und schön, alles ist eins. Das leuchtet in gewisser Weise ein, denn wenn es eine Trennung in verschiedene Teile gäbe, erfordert dies doch zwingend etwas Übergeordnetes, welches die Grenze zieht. Die Hindus sprechen dabei doch von Maya, der Illusion, oder? Maya, die Illusion des Ichs muss überwunden werden, um zu unserem Selbst zu finden."

„Ja, ja", grummelte Klaus. „Es ist zum Verzweifeln, woraus besteht denn nun eigentlich mein Ich? Meine Gedanken sind es jedenfalls nicht, ansonsten wäre mein Ich in einem gedankenlosen Moment verschwunden. Meine Emotionen helfen mir auch nicht weiter, mit ihnen verhält es sich genauso wie mit den Gedanken. Was ist mit meiner Wahrnehmung? Bin ich das, was sieht, fühlt, riecht, hört und schmeckt? Aber gibt es da nicht auch Momente, in denen ich nichts wahrnehme? Wo wäre dann das ich geblieben? Wie wäre es mit meinem Körper, das bin doch ich, oder? Heute, wo wir wissen, dass sich alle Zellen unseres Körpers spätestens in sieben Jahren erneuert haben, die meisten viel früher, ist dies auch keine Lösung. Zudem können wir nahezu jedes Teil des Körpers abhacken oder transplantieren, ohne dass unser Ich dabei verloren ginge. Was also ist das Ich, was stirbt im Tode überhaupt?"

„Auch ein interessanter Gedanke, wenn ich also nichts mehr wahrnehme, ist das Ich dann weg? Vielleicht sind wir der Raum, in dem Leben statt findet. Bin ich aber der Raum, in dem alles geschieht, so könnte dieser Raum doch unmöglich verschwinden."

„Nur: wie bekomme ich die Verbindung zu allen anderen Menschen hin?" warf Klaus ein.

„Angenommen, das Leben ist ein Traum, wie es die Schamanen schon immer sagen, nichts ist wirklich und zugleich ist aber auch alles wirklich. Wer ist der Träumer, was ist Träumen, woher kommt der Traum? Gibt es mich und all meine Erlebnisse, meine Geschichten, meine Gefühle, denn dann überhaupt noch oder erträume ich mich? Sind andere Menschen Produkte meines Traums oder sind wir vielleicht alle Wesen in einem kollektiven Traum?"

Seit Jahren fasziniert mich der Gedanke, dass es geradezu logisch ist, dass, wenn alles ein Traum ist, es dazu nur eines einzigen Wesens bedarf, welches zugleich Alles ist. Würde man dieses Wesen irgendwo finden können, wäre es nicht das, wonach man gesucht hätte. Es ist unauffindbar, denn es ist eben Alles. Jede bildliche Vorstellung dieses Wesens muss logischerweise falsch sein. Alles würde von diesem Wesen erträumt, es gibt nichts außer ihm.

Logisch betrachtet könnte dieses Wesen auch nicht sterben, es wäre so etwas wie die Leere, die Stille, der Raum, aus dem alles entsteht. Ist es anmaßend, wenn ich einmal davon ausgehe, dass ich zwangsläufig dieses Wesen bin? Wer sonst sollte es sein, Sie etwa? Helfen Sie mir bitte gerade einmal. Sind Sie sicher, dass es Sie überhaupt gibt?

Nein, nein, Sie sind nur ein Bild, das ich erschaffen habe. Vergessen Sie es, Sie gibt es gar nicht. Sie sind ein Gedanke von mir, ein Traum, den ich träume. Ist es das, was man in der Meditation erfährt? Und wenn Sie jetzt eine negative Buchkritik schreiben, ist mir das natürlich egal, auch das ist ein reines Produkt meiner Fantasie, die ein wenig Abwechslung braucht.

Nur: warum schreibe ich diesen Text noch, wenn ihn nie jemand lesen wird? Ich bin so allein…

Lichtnahrung

Einfach einmal ganz entspannt abnehmen, das wäre was. Nachdem ich in der letzten Fastenzeit sehr konzentriert und stringent 14 Tage Heilfasten hinter mich gebracht habe, ich erinnere mich noch an den üblen Mundgeruch und das Magenknurren, bin ich heute, elf Monate später, wieder knapp beim alten Gewicht. Zwölf Kilogramm hatte ich damals mühelos abgenommen und erst einmal auch gut in den Sommer gerettet. Als es dann abends wieder kühler wurde, die Tage kürzer, der Sport seltener und die Rotweinabende häufiger, begann der Speckgürtel langsam wieder die schleichende Rückeroberung meines Körpers. Winzige Kalorien und Joule begannen sich an unübersichtlichen Stellen zu verstecken, sie nisteten sich ein und bereiteten das Feld für ihre Truppen. Sie verkleideten sich als Schokolade, Kuchen, Chips und Erdnüsse, lauerten mir überall auf und kaum dass ich einen kleinen Moment nicht wachsam war, schlugen sie zu. Einmal angezählt, hatten sie leichtes Spiel, ich gab ihnen nach, denn ich wusste schließlich, dass bald wieder die Fastenzeit anstand. Und überhaupt, spricht man heute schon lange nicht mehr von Idealgewicht sondern von Wohlfühlgewicht, oder?

Als alter Esoteriker habe ich aber auch einmal im neuesten Versandkatalog nachgeschaut, ob da nicht auch etwas für mich drin sein könnte. Homöopathische Schlankheitspillen, mysteriöses Ayurveda-Pulver, Engelhaar oder einen auf Diäten spezialisierten

Heilstein suchte ich. Alternativ war ich auch offen für nicht zu dicke Bücher, mein Lieblingsformat liegt bei 180 Seiten, das schafft man locker an zwei Abenden. „Schlank räuchern in 12 Tagen", das wäre doch was. „Mentale Diät im Schlaf" hört sich auch gut an. „Träume Dich schlank! Der schamanische Weg" oder „Nimm Dich an – in 10 Schritten zum Idealgewicht", auch nicht schlecht. Doch dann blätterte ich durch die neueste Ausgabe einer spirituellen Zeitung, in der ein bekanntes Lichtmedium, das sich angeblich nur von Licht und Liebe ernährt, ein Seminar bei uns in der Nähe anbot. Ich hatte von der Frau schon früher gehört, sie aber kaum verfolgt. Also machte ich mich mal schlau und ergoogelte die Seite der „Kosmischen Internet Akademie", auf der die gesamte Palette der Esoterik und Weltverbesserung angesprochen wurde. Allzu viel zum Thema Lichtnahrung fand ich jedoch dort nicht. Jedenfalls war es scheinbar nur notwendig, sich mit der göttlichen Liebe zu verbinden und ordentlich Licht zu essen. Wer auf Nummer sicher gehen will, stellt seinen Körper noch auf die Madonna-Frequenz ein.

Fünf Tage pranische Lichtnahrung, Channeling und mehr, wie viel Kilo das wohl bringen würde? Angenommen, ich würde mich dort anmelden, würde es sicherlich kaum etwas zu essen geben. Vielleicht würden wir morgens, mittags und abends gemeinsam in der Sonne sitzen und uns von ihr nähren. Da gewinnt die alte Regel, dass man nichts mehr nach 18 Uhr essen sollte, einen ganz neuen Sinn. Logischerweise ist es abends einfach zu dunkel, um sich noch einmal so richtig satt für die Nacht zu essen. Wussten Sie, dass eine Glühbirne nur etwa 200 Lux hat, die Mittagssonne jedoch 100.000 Lux? Würde also das Mittagessen wegen bewölkten Himmels oder einer partiellen Sonnenfinsternis ausfallen, müssten wir alle im Speisesaal ersatzweise 500 100-Watt-Birnen über uns hängen. Alternativ besteht natürlich die Möglichkeit, die Mittagspause auf das etwa einhundertfache zu verlängern. Einhundert Mal eine halbe Stunde… Da passt doch etwas nicht. An dem Tag wird keiner satt.

Na, das ist doch genau das Richtige für mich. Das schlimmste, was mir passieren könnte, ist, dass ich nicht abnehme, dass die Lichtnahrung also funktioniert, wovon ich mal nicht ausgehe. Ich nehme zwar regelmäßig im Urlaub am Strand zu, das liegt aber eher an Tapas, Allioli, Sangria und all den Leckereien und weniger an der spanischen Sonne. Gelingt mir jedoch der Beweis, dass dies alles Humbug ist, so habe ich ganz nebenbei einige Zeit in der Sonne an der frischen Luft verbracht und auch ein paar Kilo abgenommen.

Doch plötzlich kommt mir ein erschreckender Gedanke. Was ist, wenn ich es wirklich lerne? Vielleicht bin ich viel zu gut? Kann es passieren, dass ich das Licht so gut verwerte, dass ich Diät halten muss, dass ich nur noch nachts vor die Tür komme? Muss ich zuhause die Glühbirnen dimmen?

Wenn ich also nur noch von Licht und Liebe leben kann, was ist das für ein trauriges Leben. Kann ich dann trotzdem zusätzlich weiterhin mein Steak essen, mein Bier trinken? Muss ich auf Schokolade verzichten? Verträgt sich das miteinander? Würde ich gar noch mehr zunehmen, weil ich keine weltliche Nahrung mehr brauche?

Würde ich zu Weihnachten keine Kiste Rotwein mehr geschenkt bekommen, sondern stattdessen eine Taschenlampe mit Ersatzbatterien?

Augen heilen

Frühmorgens war ich losgefahren, hatte mein Auto schon am Abend vorher beladen, und war dann um 8.30 Uhr pünktlich mit platzender Blase – wegen Staus auf den letzten Kilometern – in Wiesbaden auf dem Messegelände angekommen. Ich fand einen Parkplatz unweit vom Lastenaufzug und auch eine Toilette, so dass meiner One-Man-Messe-Show nichts mehr im Wege stand. Entspannt packte ich meinen professionellen Messestand, der aus einem Hightech-Faltgestell mit magnetischen Folien bestand, aus und wartete auf den Aufzug. Nach fünf Minuten machte ich mir den Spaß und sah zu Fuß in der oberen Messehalle nach, wo denn der Aufzug wohl steckte. Er war blockiert von irgendwelchen Messebauern und ich entschied, meine Sachen die Treppe hoch zu schleppen. Mehrere Male schwer bepackt die Treppen rauf, fand ich meine Standfläche dann in einem Wust von vielen kleinen Ständen. Ein paar Klicks und die Wand entfaltete sich ähnlich elegant und wie von Geisterhand geführt wie der Getränkehalter in einem neuen Mercedes. Noch ein wenig Dekoration und Flyer auf entsprechenden Ständer platziert, setzte ich mich mit meinem ersten Kaffee an meine Theke und harrte der Dinge, die da noch auf mich zukommen sollten. Mit diesem Stand hätte ich auf jeder Personal- oder Immobilienmesse stehen können.

Nachdem ich nun endlich ein wenig Ruhe hatte mich umzusehen, fragte ich mich, was wohl mit der Fläche genau gegenüber meinem Stand wohl geschehen sollte. Dort war noch nicht einmal der übliche, billige Messeteppichboden ausgelegt – man hatte die Wahl zwischen Nadelfilz in grün, rot oder blau. Der Stand schien nicht belegt und es war schon zehn Uhr: Messebeginn. Zwanzig Minuten später kamen zwei eher osteuropäisch gekleidete Personen. Er war deutlich jünger, sie um die 55 Jahre alt. Aus dem alten, grauen Koffer, den er schleppte holten sie meterweise graue Kunststoffabflussrohre und verschiedene farbige Stoffbahnen hervor. Da ich keinen Wasserschaden in der Messehalle finden konnte und der Andrang an Interessenten sich noch gewaltig in Grenzen hielt, betrachtete ich interessiert das Schauspiel drei Meter vor mir. Er, nennen wir in Jurin, begann, die Rohre zusammenzustecken und daraus große Rechtecke zu bauen, die er dann an die Seiten- und Rückwände der benachbarten Stände stellte. Darüber wurden die Stoffe drapiert und nach und nach entwickelte sich der urigste Messestand, den ich im meiner langen Messekarriere je gesehen habe. Die Stoffe sahen aus wie billiges Samtimitat, hatten Farben wie Weihnachtsbaumkugeln und passten hinten und vorne nicht richtig. Sie, Irina, baute auf der freien Fläche einen Campingtisch auf, ging zielstrebig zum Messepodium und holte sich dort einen Stuhl, den sie ab sofort für ihren Stand annektiert hatte. In alle Ruhe machte sie sich daran, aus DIN A4-Papier kleine und größere Zettel und Plakate zusammenzukleben, die sie dann mit Kugelschreiber beschriftete: „Augen Heilen!“

Diese Papiere wurden mit Nadeln und Heftzwecken an die Stoffe getackert. Jeder Babyflohmarkt im Allerweltshaus in Köln-Bickendorf war professioneller als das. Irina kam zu mir rüber, wir begrüßten uns freundlich als neue Nachbarn, und sie schaute dann kritisch auf ihr Werk. Sie schüttelte den Kopf, ging zurück und nahm einige er Zettel wieder herunter. Klar, Kugelschreiber war auf die Entfernung kaum zu lesen. Also malte sie alle Buchstaben akribisch mit dem Kuli nach, bis die Schrift Zentimeterstärke hatte und pinnte alles wieder an die Stoffwand. Meine kleine Tochter hätte es nicht schöner machen können. Irina war zufrieden, das Ziel schien erreicht. Im Lauf der zwei Tage vermehrten sich diese Zettel noch, ein Sonderangebot „Augenheilen in 15 Minuten“ kam dazu und die ein oder andere Seminarankündigung tief im Osten. Natürlich würde ich meine Brille nach einer solchen Sitzung weiter brauchen meinte sie, denn ich könne ja nicht erwarten, dass für 15 Euro meine Sehschwäche so einfach wegginge. Jurin, der sich als ihr in Wiesbaden lebender Sohn herausstellte, ging dann auch wieder und überließ seiner Mutter das Feld.

Die nächsten beiden Tage verbrachte ich mit Tausenden von Rentnern, die Freikarten für die Messe bekommen zu haben schienen. Die waren genauso schnell weg, wie sie gekommen waren. Sie schauten nicht rechts, noch links, als ob es draußen regnen würde und sie eigentlich nur ein Dach über dem Kopf suchen würden. Dann waren da die Heilpraktiker, zu erkennen an dem Stempel in der rechten und dem Stempelkissen in der linken Hand. Wer nicht aufpasste, hatte schnell den Stempel auf seiner Newsletteranmeldung oder in jeder Tombola, die zu finden war. Eine dritte Gruppe an Besuchern würde ich als „die Missmutigen" bezeichnen, sie trugen ein Gesicht wie sieben Tage Regenwetter zur Schau und waren offensichtlich eine Schande für jede Esoterikmesse. Ach, ich hatte vergessen, es war eine Gesundheitsmesse, so war es jedenfalls angekündigt. Das scherte jedoch niemanden, überall nichts als Esoterik vom Feinsten. Die Missmutigen schauten also mürrisch aus der Wäsche, so als ob man ihnen etwas an der Haustür aufschwätzen wollte – dabei hatten sie doch offensichtlich 14 Euro Eintritt bezahlt um die Messe zu besuchen. Nein, die wenigen ganz normalen Besucher, die interessiert die Stände abklapperten, möchte ich nicht unterschlagen. Es waren so wenige, dass ich sie in zwei Tagen auch hätte einzeln zuhause besuchen können.

Irina hatte zwischendurch sogar zwei Behandlungen, bei denen sie sich mit der Kundin an den Campingtisch setzte, vor sich hin brabbelte und weihevoll die Hände hob und dann der Kundin immer wieder mal auf den Kopf legte. Ihre Brille haben die beiden allerdings nicht versehentlich liegen gelassen ob der neuen Bilderflut.

Und jetzt stellen Sie sich bitte folgendes vor: Sie sind mit Ihrem neu designten, modernen Messestand auf Kundenfang und Ihnen gegenüber ist dieser abstruse Standaufbau mit dem kugelschreiberbekritzelten Zetteln, davor ein Campingtisch mit allerlei Krimskrams. Alle Messebesucher kommen den Gang herunter und schauen neugierig und erstaunt auf diesen Stand. Dabei schlendern sie langsam an mir vorbei, die Augen nur auf „Augen Heilen" gerichtet, sehen mich gar nicht und wechseln erst wieder die Blickrichtung zu meiner Seite, wenn Sie an „Augen Heilen" vorbei sind. Da aber beginnt bereits der Stand meiner Nachbarn. Yoga-Heilung gibt es dort, aber das ist eine andere Geschichte.

Da standen wir, Irina und ich, uns also gegenüber, lächelten gemeinsam über die Unwissenheit der Besucher, die nicht erkannten, was wir ihnen Gutes hätten tun können und warteten auf das Ende des ersten Messetages…

Auf der Messe – Sri Mama

Kaum hatte ich mich damit arrangiert, dass diese Messe eher unter das Kapitel Skurrilitäten fallen würde, begann der Auflauf an meinem rechten Nachbarstand. Sri Mama Yoga entpuppte sich als sektenähnlicher Verein, der die Paracelsus-Messe als Jahrestreffen nutzte – so kam es mir jedenfalls vor. Kaum weniger improvisiert als „Augen Heilen", war der Stand jedoch sichtlich mit Liebe und einigen indisch-buddhistischen Elementen aufgepeppt. Auf sechs Quadratmetern drängelten sich nach und nach knapp 20 Personen, die offensichtlich alle eine Heilungsmission von höherer

Stelle erhalten hatten. Wild gemischt bestand die Truppe aus ein paar Original-Inderinnen in mehr oder weniger prachtvollen Saris und mit einem leuchtend roten Punkt auf der Stirn versehen, deren Ehemännern sowie einem Haufen weiterer Anhänger.

Die meisten waren Mitte dreißig, trugen Breitkord- und Stoffhosen, ein bequemes Hemd und einen seligen Blick. Es war schwer vorstellbar, dass auch nur einer von ihnen schon einmal eine Fliege erschlagen haben könnte. Eher wird er sie wiederbelebt haben. Es war herrlich anzuschauen, dieses Gewusel glücklich dreinschauender Menschen, die Heilung versprachen.

Nach und nach begann man gegenseitig nach dem Rechten zu sehen. Will heißen, man legte - egal wo, denn Platz für Heilung ist in der kleinsten Hütte - Hand auf. Wesentliches Heilungselement war eine kreisförmige, fächernde Handbewegung ähnlich der, mit der die Schamanen den Energiekörper mittels Räucherwerk reinigen. Ähnlich der Kundalini-Schlange wurde die Energie höher und höher gewedelt, bis sie dann wohl durch das Kronen-Chakra verschwand. Negative Energien wurden quasi nebenbei durch lässige Handbewegungen ergriffen und durch zu Boden werfen vernichtet. Behandler und Behandelter schauten dabei gleichermaßen verzückt aus der Wäsche.

Und so schaukelte man sich gegenseitig in einen höheren und höheren Zustand der Glückseligkeit. Dann wurde es ernst, denn man hatte schließlich eine Mission zu erfüllen. Selbstheilung ist schön und gut, doch wirklich erfüllend ist die Heilung anderer. Und so wurde jeder Vorbeikommende aufgehalten, angesprochen und erhielt –ob er wollte oder nicht – seine Portion kostenlose Heilung. Gegen freiwillige Spenden hatte man aber nichts und ein entsprechender Behälter stand bereit.

Nach und nach entwickelte sich ein Stau, so dass die Messebesucher die Gelegenheit hatten, “Augen Heilen“ genauer zu erkunden. Ich wurde weiterhin nicht beachtet, langsam machte ich mir Sorgen um meine Aura. Was half, waren die beiden freundlichen Besucher, eine eindeutige Ausnahmeerscheinung auf der Messe, die mir sagten, dass ich ja eine tolle positive Ausstrahlung haben würde. Mein Stand sei der mit der positivsten Energie…

Einige der Heiler suchten mittlerweile Platz im Messegang, denn auf sechs Quadratmetern ist nicht genug Raum für 20 Heiler und entsprechend viele noch zu Heilende. Der Verkäufer von mental und isotonisch arbeitenden Wasseraufbereitern gegenüber von Sri Mama bekam gerade die Krise, da hatte auch ich die ersten Kunden auf meinem Stand. Leider waren es nicht meine eigenen. Ehe ich mich versah, wedelten und wischten zwei Yoga-Heiler mit wilden Handbewegungen durch die Energiefelder von zwei verdutzt dastehenden Messebesuchern, die wohl dachten, schaden kann es ja nicht. Höher und höher türmten sich auf dem Nachbarstand, im Gang und jetzt auch bei mir die negativen Energieknäuel, die den offensichtlich schwerkranken Besuchern entfernt wurden.

Es half alles nichts, auch auf die Gefahr hin, dass ich mit meinem Nachbarschaftsstreit ins Fernsehen kommen würde, packte ich mir den nächst besten Heiler, schob ihn wieder in sein Revier und machte ihm klar, dass er sowohl meinen Stand als auch den Gang davor doch bitte frei von seiner Heilertätigkeit halten solle. Sein Kollege verschwand dann auch ganz von allein, sollten sie doch einfach auf der anderen Seite weitermachen, mir egal. Hatte ich zunächst befürchtet, dass ich wüsten Widerstand und allgemeine Missbilligung ernten würde, so hatte ich mich getäuscht. Viel schlimmer, man ignorierte mich ziemlich deutlich, höchstens einen mitleidigen Blick ob soviel Unwissenheit spürte ich in meinem Rücken.

Den Schweiß auf der Stirn unter den Strahlern des Messehimmels nahte jedoch schon das nächste Übel. Hatte ich erwähnt, dass links gegenüber die berühmte Aroma- und Duftheilerin Swetlana ihren Bauchladen aufgebaut hatte? Zwei Tage sorgte sie dafür, dass niemand in unserem Gang sich Sorgen machen musste, dass sein versagendes Deo bemerkt werden würde. Ihre Kundschaft bestand aus der eher gehobenen Schicht mittel-alter und besser gekleideter Frauen und natürlich allen Ausstellerinnen der gesamten Halle. Nachdem Prada, Gucci und Co. offensichtlich nicht den erhofften Erfolg gebracht hatten, sah diese Kundschaft nun die Chance, das Leben auf angenehm duftende Art und Weise neu anzugehen. Gibt es etwas Schöneres, als sich die Heilung einfach hinter das rechte Ohr zu tupfen?

Swetlana jedenfalls jagte, kaum dass die beiden Heiler meinen Stand wieder geräumt hatten, bewaffnet mit drei Parfumzerstäubern auf mich zu und versprühte ehe ich mich wehren konnte, einige Salven ihrer Wunderwaffe gegen negative Energien. Schließlich hätten die beiden Heiler doch alle negativen Energien bei mir auf dem Stand entsorgt und der wäre nun entsprechend verseucht. Aber da bräuchte ich mir keine Sorgen zu machen, Ihre Düfte würden dies alles ruckzuck bereinigen und sie würde mir nicht einmal etwas dafür berechnen.

Und nicht nur die Energien waren weg, denn nun war mein Stand tot. Nicht einmal ich konnte es dort aushalten, so stank es. Also machte ich mich auf eine Runde, um mir die Mitaussteller einmal aus der Nähe anzusehen. Weiter hinten in der Ecke hatte ich eine vielversprechende Ankündigung gesehen: Chakrenreinigung für Deinen besten Freund. Selig lächelnde Hunde und Katzen erwarteten mich bereits.

First eat, then talk!

First eat, then talk! Don Ramon Phacsi, ein 93-jähriger Schamane aus Peru kennt da gar nichts. Hoch oben in den Anden in über 5.000 m Höhe, zwei Tagesmärsche von der nächsten Straße und damit von der Bushaltestelle entfernt, wo er lebt, ist das Essen wichtig - überlebenswichtig. Warum sollte das hier in dem kleinen, gut beheizten Seminarhaus mitten in Deutschland, in dem wir ihn beim ersten gemeinsamen Mittagessen erwartungsvoll ansahen, anders sein? Heißhungrig auf die gesammelten Weisheiten seines langen Lebens schien uns das Essen selbst nicht allzu drängend. Durstig waren wir, dürstend nach weiteren Bausteinen auf der Suche nach Glück, Antworten und uns selbst. Wir, das waren neun Teilnehmer zwischen 30 und 50 Jahren, darunter zwei Pärchen. Also, ich habe ja noch nie verstanden, wie man solche Workshops zu zweit machen kann. In den meisten Fällen, die ich erlebt habe, ging das schief.

Mein eigenes Interesse war, endlich einmal wieder einen authentischen, unverdorbenen „Original-Schamanen" zu erleben, ihn bei seinen Ritualen zu beobachten und hoffentlich für meine eigene Arbeit auch die eine oder andere Übung mitnehmen zu können. So ein Original aus Peru, einer der dort schon lebte, als die Welt von den modernen Schamanen des Core-Schamanismus noch nie etwas gehört hatte, der musste schließlich wirkliche Macht haben. Wenn ich bei dem nicht ein paar gute Tricks lernen sollte, wo dann? Ein, zwei kleine Problemchen hatte ich natürlich „dabei“. Wenn also auch noch eine Heilung herausspränge, wäre der Workshop ein voller Erfolg für mich gewesen.

Dies alles interessierte den kleinen, sonnengegerbten Mann vor uns überhaupt nicht. Er saß da mit seiner Folklore-Bommelmütze, darunter schauten sehr dunkle und vom Alter leicht getrübte Augen verschmitzt hervor. Pechschwarze Haare lugten hier und da heraus und auf der Mütze hatte er zusätzlich noch einen Tropenhelm oben drauf platziert, was zugegebenermaßen einen ziemlich komischen Eindruck machte. Außerdem trug er einen roten Poncho mit verschiedenen anderen, geschichteten Kleidungsstücken darunter, eine knielange, schwarze Hose und Flip-Flops. Damit lief er sowohl im Winter durch den Schnee, als auch im Sommer in den Bergen, wie hier durch das warme Haus. Ich habe nicht gesehen, dass er etwas an- oder auszog, egal ob er mit uns draußen bei strömendem Regen im Wald war oder im beheizten Seminarraum.

Und dieser knapp 1,60 m große Mann saß jetzt gemeinsam mit seinem peruanischen Begleiter, Mitarbeiter und Dolmetscher hier inmitten von neun Suchenden und schlürfte laut und genussvoll seine Suppe. Von Essmanieren nach unseren Maßstäben konnte keine Rede sein. „First eat, then talk!" Oder, wie meine Mutter sagte, beim Essen wird nicht gesprochen. Don Ramons Aufforderung war allerdings so kraftvoll, dass während der drei Tage kaum noch jemand beim Essen das Wort ergriff. Nur zwei, drei Störenfriede, die man schließlich immer dabei hat und die einfach keinen Sinn für die Wucht seiner Aussage hatten, unterhielten sich dann doch mal. Der Rest der Gruppe schaute dann jeweils eher peinlich betroffen ob dieser Banausen auf den eigenen Teller oder gar vorwurfvoll in Richtung der Plappermäuler.

Seinem Geräuschpegel beim Essen nach schien ihm unser deutsches Essen gut zu schmecken, er aß reichlich von allen drei Gängen, insbesondere vom Nachtisch. Da überrascht es mich auch nicht mehr, dass er fünf Löffel Zucker in seinen Tee gab. Wofür er diese Mengen an Energie brauchte, blieb unklar. Vier Tage lang redete fast nur sein Begleiter Richard. Die Beiden seien eben mental miteinander verbunden und bräuchten nicht mehr zu sprechen, sagte

Richard zur Erklärung. Gelegentlich hielt Richard also in seinem Vortrag inne und empfing die Botschaften von Don Ramon.

Es war irgendwie wie ein Originalfilm mit Untertiteln, den man auch noch stumm geschaltet hatte. Stattdessen kauerte Don Ramon zumeist an die Wand gelehnt auf dem Boden des Seminarraums. Dabei kaute er ständig auf verschiedenen getrockneten Blättern herum, die er aus seiner Puscheltasche herausfingerte. Dass er die Blätter überhaupt durch den deutschen Zoll gebracht hatte, war mir ein Rätsel. Puschel war das Fell eines Tieres, das nach Jahren des Gebrauchs nicht mehr zu erkennen war. Wenn er nicht auf seinen Blättern kaute, brummelte er schon mal vor sich hin. Gelegentlich nickte er ein. Oder besuchte die Spirits, wer weiß das schon.

Ihn scherte es offensichtlich überhaupt nicht, was um ihn herum vorging, zumindest ließ er sich nichts anmerken. Die einzige wesentliche Regung zeigte er, als ein Baby zu Gast war und das Kind in ihm weckte. Die beiden schienen auf Anhieb die gleiche Wellenlänge zu haben und lachten sich an.

Klar, dass ich ein wenig in meinem Schamanenstolz gekränkt war. Schließlich hatte ich mich jahrelang mit Schamanismus und allem Drumherum bis zur schrägsten Esoterik beschäftigt und nun schien dieses Männchen das alles nicht zu erkennen und noch weniger würdigen zu wollen. Wenn er energetisch so gut fühlen konnte, musste er mein Naturtalent doch erkennen! Hat er aber nicht. Bei mir kam der Verdacht auf, dass er ein gewiefter Abzocker sein könnte, der sich schamanischer als jeder Schamane kostümiert hatte, einen Reisebegleiter als Dolmetscher und Organisator gesucht hatte und dann nach Europa fuhr. Im Gepäck ein kleines Bündel Klamotten, einige Fetische, einen großen Sack an Souvenirs zum Verkaufen, ein paar Geschichten aus dem Leben seines Begleiters und ein, zwei Übungen, die er über die vier Tage zog. Auch heute, zwei Jahre danach, weiß ich nicht, was ich davon halten sollte…

Traumpartner

Na, haben Sie schon Ihren Traumpartner gefunden? Ja? Schade, dann lesen Sie vielleicht nur zu Ihrem Amüsement weiter. Sie aber, der Sie noch nicht fündig geworden sind, Ihnen wünsche ich das Glück, dass Sie einmal die Gelegenheit haben werden, auf eine Esoterikmesse zu gehen und dort Martha Schmidt zu treffen.

Martha Schmidt hat das Talent, Ihren Traumpartner für Sie zu finden. Und dies tut sie auf unnachahmliche Art und Weise, nämlich mit einem Blick in das örtliche Telefonbuch. Wenn Sie also als Kölner auf der Kölner Esoterikmesse unterwegs sind und lieber eine Hamburgerin zur Freundin hätten, nehmen sie sicherheitshalber das Hamburger Telefonbuch mit, Martha hat aus verständlichen Gründen immer nur die lokale Ausgabe dabei.

Und das Beste an der Sache ist: Martha gibt eine Erfolgsgarantie! Bezahlt wird nur die erfolgreiche Vermittlung. Sonst kostet ihre Arbeit nichts. Erst, wenn Sie fündig geworden sind, heißt es Zahlemann und Söhne. 400 Euro sind aber doch dafür nicht zuviel, oder? Da kostet jede Partnervermittlung mehr, und man weiß auch nicht, was man genau bekommt.

Marthas Messestand ist, wie sich unschwer erahnen lässt, sehr platzsparend. Sie quetscht sich kurz vor Messebeginn in eine Restlücke und kommt so äußerst kostengünstig davon. Nur ein glücklicher Kunde und die Kosten sind bereits wieder reingeholt. Sie hat einen Stuhl, ein Telefonbuch und natürlich ihr Firmenschild „Spirituelle Partnervermittlung“. Mehr bedarf es doch gar nicht um die Menschen glücklich zu machen. In einem kurzen Interview fragt Martha Sie, wie denn der Traumpartner sein solle. Wie soll er /sie aussehen? Groß oder klein, dünn oder dick? Was ist Ihnen wichtig an ihm/ihr? Soll er/sie vermögend sein? Sind bereits vorhandene Kinder ein Problem? Darf oder soll es ein Ausländer sein? Hin und wieder wird Martha skeptisch-kritisch den Kopf hin und her wiegen und vielleicht sagen: „Ich weiß nicht, ich weiß nicht, ich sehe da etwas anderes…“ Daraufhin werden Sie die Augen schließen, das Telefonbuch halten und Martha schreitet zur Tat. Sie blättert im Telefonbuch, zeigt intuitiv auf einen Eintrag und siehe da, das Schicksal hat entschieden. Zur beiderseitigen Sicherheit und Erfolgskontrolle werden Ihre Daten sowie die vermittelte Adresse natürlich festgehalten.

Aber was wäre, wenn man einfach selbst das Telefonbuch zur Hand nehmen würde und mental gut vorbereitet blind mit dem Zeigefinger darin auf einen Eintrag tippt? Beim ersten Mal den Schlüsseldienst erwischt? Probieren Sie es einfach nochmals. Diesmal die Rohrreinigung? Eindeutig zweideutig, aber nicht Ihr Niveau? Sehen Sie!

Martha sorgt dafür, dass diese Pannen nicht passieren können, sie haftet dafür persönlich mit ihrem guten Namen. Und wenn Martha einmal für Sie nicht erreichbar ist? Ach, dann wenden Sie sich doch einfach vertrauensvoll an mich. Ich habe die Telefonbücher aller Städte über 50.000 Einwohner zuhause und finde für Sie garantiert den Traummann oder die Traumfrau. Und billiger bin ich auch noch. Sie zahlen nur 250 Euro auf mein Konto ein, ich maile Ihnen die von mir ermittelte Adresse Ihres Traumpartners und Sie können durchstarten.

Was, Sie wollen Ihr Geld zurück? Ja wo kämen wir denn da hin? Ich habe Ihnen die Adresse gegeben, was Sie damit gemacht haben, kann ich doch gar nicht kontrollieren. Wollen Sie etwa mich dafür verantwortlich machen, dass Sie diese Chance vermasselt haben? Sie sind aber nicht homosexuell? Woher wollen Sie denn das so genau wissen? Haben sie es überhaupt je probiert? Nein? Da, habe ich es doch gewusst. Wenn ich das so sehe, dann ist das auch so. Hören Sie auf dagegen anzukämpfen, Sie müssen lernen, Altes loszulassen. Sie stehen halt auf gleichgeschlechtliche Partner, ist doch offensichtlich, deswegen hat es vorher auch nie funktioniert. Wehren Sie sich nicht, lassen Sie sich fallen, nehmen Sie Ihr Schicksal an. Schwul bleibt schwul, ob Sie das nun wollen oder nicht.

Ach, jetzt haben Sie auch noch Angst, dass Ihnen das passiert, wenn Sie bei mir anrufen? Homophobie kann natürlich verhindern, dass Sie mit Ihrem Problem jemals weiterkommen. Aber dafür kenne ich einen Spezialisten. Hätten Sie Höhenangst, so würde er mit Ihnen auf einen Kirchturm steigen, aber Sie haben ja keine Höhenangst…

Ich hab Rücken

Haben Sie auch unterschiedlich lange Beine? Einen Beckenschiefstand? Oder einfach einen krummen Rücken? Wenigstens Rückenschmerzen werden Sie doch wohl haben. Mit Massagen und Physiotherapie könnte man da vielleicht etwas dran machen. Auch die Änderung des Lebenswandels und der Lebenseinstellung kann Wunder bewirken. Selbst einfachste, regelmäßige Meditation hilft öfter, als dass es ein Zufall sein könnte. Manchmal hilft auch nur eine Operation mit anschließender Reha-Klinik.

Und doch gibt es einige Spezialisten, die ausschließlich auf diese Art von Problemen geeicht sind und diese mental behandeln. Verstehen Sie mich bloß nicht falsch! Ich habe schließlich selbst eine Menge über Heilung und die Möglichkeiten des Geistes gelernt und erfahren. Aber trotzdem oder gerade deswegen möchte ich Ihnen an dieser Stelle eine wahre Geschichte erzählen, die ich auf einer Gesundheitsmesse erlebt habe.

Ort des Geschehens war ein verschachteltes Hotel in Köln, dessen größte Räume zusammen eine Art Messegelände bildeten. Viel unübersichtlicher ging es kaum, doch da es sich um den letzten warmen Tag im Oktober handelte, hatten sich offensichtlich viele Besucher entschieden, doch lieber in den Biergarten zu gehen und so blieb es relativ übersichtlich und wir Aussteller hatten ausgiebig Zeit, uns gegenseitig zu besuchen. Direkt neben mir war ein bekannter Heiler, der sich auf Wirbelsäulenbegradigung und ähnliche Themen spezialisiert hat. Angesichts des Andrangs, den er hatte, konnte ich die Überlegung, mich doch auch auf Rücken zu spezialisieren, kaum verkneifen. Hatte doch mein Eintritt in die esoterische Wunderwelt mit einem lästigen Bandscheibenvorfall begonnen. Der Heiler, nennen wir ihn Rodolfo, arbeitete von morgens bis abends durchgehend und behandelte mitten auf der Messe seine Kunden.

Die Kunden schien es nicht zu stören, dass sie keinerlei Privatsphäre hatten und nach einen ausführlichen Einführungsgespräch mitten im Durchgang auf einer Massageliege platziert wurden. Neidisch muss ich an dieser Stelle gestehen, dass Rodolfo seine Standkosten bereits 12.00 Uhr mittags rein geholt hatte. Bei mir dauerte es etwa drei Wochen länger, bis der erste Messebesucher meine Praxis betrat.

Als sich langsam zwei nerzbekleidete, um die siebzig Jahre alte Rentnerinnen Arm in Arm auf Rodolfo zu bewegten, wurde ich neugierig. Die eine schien ganz fit zu sein, die andere ging allerdings sehr gebückt mit Stock und wollte offensichtlich eine Behandlung. Rodolfo war gerade bei der Arbeit, also wurden die beiden von seiner Assistentin in das Wartezimmer verwiesen, das aus zwei im Gang stehenden Klappstühlen bestand. Diese beiden Stühle waren während der zwei Tage die beliebtesten Plätze auf der ganzen Messe – so beliebt, dass ich es nicht schaffte, mich zwischendurch ebenfalls einmal ausrichten zu lassen.

Als die ältere Dame an der Reihe war, unterhielt man sich kurz, Rodolfo sah ihr fest in die Augen und dann legte sie sich mühsam auf die Liege. Die Behandlung begann, er murmelte etwas unverständliches, legt die Hand auf die Stirn, hielt den Kopf und machte das, was ein Heiler so alles macht. Nach 30 Minuten war er fertig, die ältere Dame rappelte sich auf, bezahlte und ging hoch erhobenen Hauptes ohne Stock zurück zu ihrer Freundin. Wow!

Ich war beeindruckt. Der Rücken war kaum noch krumm, der Stock scheinbar nicht notwendig. Rodolfo schien wahres Können bewiesen zu haben. Die beiden gingen langsam den Gang hinunter und ich verlor sie aus den Augen. Eine Stunde später sah ich sie gerade noch, wie sie in Richtung des Ausgangs spazierten. Auf den Stock gestützt und mit krummem Rücken war die ältere Dame wieder bei ihrer Freundin eingehakt und verließ die Messe scheinbar genauso, wie sie gekommen war.

Bestellung beim Universum

Seit zwei Jahren steht sie nun im Büro hinter mir, meine Visionstafel. Darauf habe ich schön brav, wie es sich gemäß der einschlägigen Ratgeberbücher gehört, meine Träume, Ziele, Visionen für die nächsten Jahre festgehalten. Ein Haus am Meer, ein schmuckes Seminarzentrum, einen Bestseller, Glück, Erfolg und natürlich auch Gesundheit. Handgeschriebene Zettel, Bilder aus dem Internet, Postkarten, Fotos von der Familie, alles schön säuberlich aufgepinnt. Wenn diese Wünsche alle in Erfüllung gingen, könnte ich eigentlich sterben.

Halt, sterben? Dann könnte ich sterben? Dieser Satz schlüpfte beim Schreiben gerade so aus mir hinaus, nicht dass dieser Text eine falsche Richtung bekommt. Wollte ich doch darüber schreiben, was es mit dem ganzen Wünschen und Gesundbeten auf sich hat. Würde denn das Leben nicht mehr lebenswert sein, wenn ich dies alles haben würde, was ich da auf meine Leinwand, schön umrahmt von einem alten goldenen Bilderrahmen, gepinnt habe? Natürlich gehe ich davon aus, dass nicht nur diese Punkte super laufen. Auch alles andere darf natürlich nicht schief gehen, aber ich kann schließlich nicht alles aufschreiben und auf meine Wand heften. Das Leben wird doch verstehen, was ich meine, oder? Alles, was nicht erwähnt ist, soll trotzdem und zusätzlich entsprechend erfolgreich und glückbringend sein. Aber das dürfte sich doch eigentlich von selbst verstehen, oder?

Nicht, dass es mir ergeht, wie Elliot Richards in dem Film „Teuflisch". Elliot ist unglücklich verliebt, hat keine Freunde und die Arbeit macht auch keinen Spaß. In einer Bar lernt er eine sexy Frau kennen, den Teufel. Sie schließen einen Vertrag: der Teufel gestattet ihm sieben Wünsche, erfüllt diese auch immer umgehend, Elliot verspricht seine Seele. Dummerweise erfüllt sich zwar jeder Wunsch, zugleich sind da aber plötzlich unerwartete andere Eigenschaften, die Elliots Glück torpedieren. Da ist dann mal der Penis zu klein, ein anderes Mal ist er gleich schwul oder wird am nächsten Tag ermordet.

Sie verstehen, dass ich dies so nicht möchte, oder? In meiner Visionserfüllung fluppt alles wie von allein, jedenfalls aus meiner heutigen Sicht. Und ich werde mich schon nicht so sehr verändern, dass es dann alles nicht mehr passen würde. Ich bin bereit, all dieses Glück anzunehmen und damit zufrieden zu sein. Herr, erfülle mir meine Wünsche und ich werde auf ewig dankbar sein. So schwierig kann das doch gar nicht sein, oder?

Oder sollte ich mir zur Sicherheit ein paar Wunschbücher kaufen? Sie wissen schon, so etwas wie „Bestellung beim Universum", „Erfolgreich wünschen", „Wünsch es Dir einfach" oder gleich den „Wunschkalender". Das Blöde bei diesen Büchern ist leider, dass sie zwar in Unmengen verkauft werden, die Menschheit jedoch immer noch die gleichen, alten Probleme hat. Da stimmt doch was nicht. Liest die Bücher denn keiner oder sind alle wunschlos glücklich? Muss komplizierter sein, als man meint, dieses Wünschen. Dabei soll man nur kräftig visualisieren, was man möchte, fest daran glauben, und dann fluppt es ganz von selbst. Natürlich gilt es dabei, ein paar Tricks zu beachten und bloß nicht an seinem Wunsch zu zweifeln. Wer zweifelt, muss sich nicht wundern, wenn es nicht funktioniert. Wer zweifelt, hat verloren, den verstößt der Kosmos.

Angenommen, ich bin ernsthaft krank und bekomme eines dieser Bücher geschenkt. Darin lese ich, dass ich es nur wollen muss, das gesund sein? Ich stell mir also vor, ich sei gesund. Ich visualisiere mein glückliches Leben nach der Krankheit. Auch wenn die Ärzte mich bereits aufgegeben haben, ich kämpfe weiter und visualisiere.

Aber auch die nächste Diagnose ist schlecht, die Krankheit hat sich verschlimmert, der Tumor wächst weiter. Ich habe versagt, ich habe nicht richtig gewünscht, ich habe vielleicht auch gezweifelt. Selber schuld, hätte ich doch mehr daran geglaubt.

Übrigens: ob Elliot im Film wirklich den Teufel getroffen hat, bleibt offen. Manches spricht eher für Gott, der ihm eine Lehre erteilen wollte…

Tantra-Gott

Tantra, welch geheimnisvolles, mysteriöses Wort für alle Uneingeweihten. Indien, Akrobatik, unbefriedigte Lüste, die hohe Kunst der Massage…, was wohl wirklich dahinter steckt? Ein Mal, ich weiß es noch, als wäre es gestern gewesen, hatte ich Besuch von einem alten Freund. Er kam mit seiner neuen Freundin und ich dachte, meine Geschichten vom letzten Schamanen-Workshop wären sicher der Hammer – bis er mir erzählte, dass die beiden sich in einem Tantra-Workshop kennengelernt haben. Drei Tage, acht Frauen, acht Männer. Alle nackt, drei Tage lang! Irgendwo im Sommer im Grünen …

Ja, ja, ich weiß, ich bin verklemmt. Ich bin nicht im Osten aufgewachsen, ich habe nie nackt Volleyball und Tennis gespielt und als ich mit 13 Jahren mit meiner Familie auf Sylt an Buhne 16 die Hose runterlassen sollte, hatte ich gute Gründe, dies nicht zu tun. Die Männer unter Ihnen, die älter als 13 sind, werden vielleicht wissen, was ich meine.

Da liegen also acht nackte Männer irgendwo in der Eifel in einem warm beheizten Seminarhaus sternförmig mit geschlossenen Augen auf dem Rücken und herein kommen die Frauen und machen sich an den Männern zu schaffen. Na ja, was genau geschieht, weiß ich gar nicht so genau, die beiden wollten da auch nicht näher drauf eingehen. Was ich verstanden habe, geht es um Sex und Sinnlichkeit, jedoch ohne dabei Sex zu haben. Kamasutra ist wohl nicht das Thema.

Ist das jetzt was, was man einfach mal so ausprobieren kann? Gelbe Seiten aufschlagen, die nächste Adresse raussuchen, anrufen, Termin machen? Kennen Sie jemanden, der schon einmal bei einer Tantra-Massage war? Selbst besagter alter Freund hat diese

Dienstleistung noch nie in Anspruch genommen, zumindest nicht in einer der zahlreichen Praxen, die es in allen größeren Städten gibt.

Es wäre ein Leichtes hier in Köln, einmal einen Termin zu machen und zu sehen, was es damit auf sich hat. Aber muss ich vielleicht gewisse Voraussetzungen erfüllen? Wie weit muss ich gehen, wie weit darf ich nicht? Wie weit geht die Masseurin? Oder heißt es hier wieder Masseuse? Es wird doch hoffentlich kein Mann sein, das hätte mir noch gefehlt. Was, wenn die, nennen wir sie Behandelnde, nicht mein Typ ist? Wenn Sie dick ist und schwitzt? Ich habe gehört, dass auch die Behandelnde ziemlich bis ganz nackt ist. Hatte ich erwähnt, dass ich ziemlich geruchsempfindlich bin? Ich rieche, dass die Milch sauer wird, bereits eine Woche vorher.

Ist eine Tantra-Massage gesellschaftlich anerkannt, oder huscht man im Schutz der Dunkelheit in das Haus ähnlich wie in einen Sex-Shop? Trifft man dort besonders freigeistige Menschen oder eher die verklemmte Sorte? Ist es nicht schrecklich über Dinge nachdenken zu müssen, von denen man keine Ahnung hat? Ist es aber zugleich nicht auch schön, es gar nicht so genau zu wissen? Wie meist, ist doch das, was da in unserer Fantasie geschieht, möglicherweise schöner als jede Wahrheit.

Wenn Sie mehr wissen, schreiben Sie mir doch einfach! Bis dahin werde ich einfach weiter meinen wilden Fantasien hinterher hecheln und mir das Schlimmste vorstellen.

Töte Dein Ego

Ich bin auf der Suche nach meinem Ego, haben Sie es vielleicht gesehen? Es muss hier gerade vorbeigekommen sein. Ich kann Ihnen sagen, wenn ich das erwische, mache ich es platt. Gerade war es noch da, doch dann entwischte es mir in einem kurzen gedankenlosen Moment der Meditation. Es war erschreckend, muss ich Ihnen sagen.

Seit Jahren beschäftige ich mich nun mit Spiritualität, Mystik, Meditation, Kontemplation und weiß, dass das Ego nur ein Konstrukt unseres Verstandes ist. Na ja, wissen ist vielleicht ein wenig übertrieben. Viele schlaue Leute haben noch mehr schlaue Bücher darüber geschrieben, dass es so ist, und ich habe mich irgendwann entschieden, dies zu akzeptieren, auch wenn dies zugleich die Entscheidung ist, dass mir der Boden unter den Füßen weggezogen wurde. Was bleibt mir denn, wenn das Ego verschwunden ist?

Hoffentlich ist es mit dem Ego nicht wie mit unserem Schatten. Tausende Male haben ich und andere bereits drauf herum getrampelt, doch es hat ihn nicht beeindruckt. Er hängt an mir und das ist auch gut so. Würde ich auffallen, wenn ich keinen Schatten hätte? Stellen Sie sich vor, Sie stehen im Sommer an einer Bushaltestelle, alle werfen einen Schatten und plötzlich zeigt ein kleiner Junge auf Sie und fragt seine Mutter: „Mama, warum hat der Mann denn keinen Schatten?“ Alle Wartenden werden Sie anschauen, auf den Boden blicken und dann?

Was würden Sie machen? Jeder, der auch nur einen einzigen Vampirfilm in seinem Leben gesehen hat, der weiß, dass nur Vampire keinen Schatten haben. Allerdings stehen die auch nicht in der Sonne, dort würden sie bekanntermaßen verschmoren. Ich weiß auch nicht, ob moderne Vampire den öffentlichen Personennahverkehr benutzen. Sie würden auf jeden Fall Abstand halten, oder? Würden Sie sogar überlegen, einen angespitzten Holzpfahl aus der Tasche zu ziehen und dem Vampir diesen Pfahl mit einem gewaltigen Hammerschlag in das Herz zu rammen?

Es wäre ein interessanter Gedanke, zu überlegen, wie wir ohne unser Ego wären, wie man uns ohne unser Ego behandeln würde. Vielleicht bemerkt es gar niemand. Mag aber auch sein, dass wir für andere Menschen unerträglich wären, so erleuchtet und unnahbar. Aber worüber mache ich mir hier Gedanken, ich kenne niemanden, der sein Ego aufgelöst hat. Mir selbst ist es in Jahren der Meditation nicht gelungen, Freunden geht es nicht besser. Das Ego scheint so etwas wie eine hartnäckige, angeborene Krankheit zu sein, ein fester Bestandteil von uns, unauflösbar mit uns verwoben. Nur unter großen Mühen wird es möglich sein, es zu transzendieren.

Ist es nicht schön, dass es so schwer ist, sein Ego aufzulösen? Das Ego ist vielleicht ein wenig, wie der aus vielen Hundert Fäden bestehende Vorhang zu meinem Arbeitszimmer. Man kann von weitem nichts sehen, erst wenn man ein wenig näher heran geht, kann man ansatzweise hindurchschauen. Oft geht dies aber auch nur, wenn dahinter ein Licht ist. Man kann einzelne Fäden beiseite schieben, man kann sogar hindurchgehen. Und kaum schaut man sich um, ist er wieder da, der Vorhang, der mir den Blick nach Draußen versperrt, mich aber auch zugleich vor den Blicken anderer beschützt.

Komm her, Du alter Freund, der mich seit 47 Jahren so treu begleitet hat. Lass uns ein wenig jammern und leiden. Was ist denn heute so schief gegangen, wen können wir dafür verantwortlich machen? Kennen Sie den Alkoholiker, dessen einziger und letzter Freund der Flaschengeist ist? Mein Freund ist mein Ego. Ich hänge genauso an ihm, wie es an mir. Wir gehören zusammen, auf immer und ewig. Mit meiner Geburt habe ich Dir ewige Treue geschworen, bis dass der Tod uns scheidet. Ich stehe zu meinem Wort.

Veganer oder Rohkost?

Mir graut es schon. Gleich ist Mittagspause und ich habe Hunger. Ich gestehe, ich esse gerne – gerne auch mal mehr als zum Überleben eigentlich notwendig wäre. Und wenn es dazu ein leckeres Kölsch gibt, bin ich auch nicht abgeneigt, gegen Abend tausche ich dann das Kölsch gegen einen schönen, trockenen Rotwein. Das Essen darf heiß, stark gewürzt und gelegentlich auch fettig sein. Die Panna Cotta danach lasse ich ebenfalls nicht stehen. Zuletzt noch ein extra starker Espresso, so lässt es sich leben – auch wenn ich vor ein paar Jahren die Zigarette dazu gestrichen habe. Na ja, diese eine war es nicht, die mich störte. Ihre 19 Freunde, die immer dabei waren und die sich mir den lieben langen Tag an den Hals warfen, waren eher das Problem. Irgendwie machte ich mir Sorgen, dass Rauchen auch für mich vielleicht tödlich sein könnte, würde ich nicht schleunigst aufhören.

Ich muss Ihnen etwas gestehen. Ich esse Fleisch. Ich mag Schinken, Pfeffersalami, manchmal auch biedere Fleischwurst. Ich esse Braten, Steaks, Frikadellen und Würstchen. Egal, ob von Huhn, Kuh, Schwein oder Lamm, auch andere Kleintiere kommen vor. Selbst Curry-Wurst und Döner schrecken mich nicht. Manchmal achte ich auf Bio, aber auch das nicht konsequent. Einschränkend möchte ich erwähnen, dass Fleisch, also kein Wurstbrot, vielleicht alle 14 Tage mal auf meinen Teller kommt.

Heute aber bin ich in einem alternativen Seminarhaus, das streng vegetarisch ausgerichtet ist und in dieser Beziehung habe ich schon alles auf dem Teller erlebt. Im Allgäu war das Essen köstlich und toll gewürzt, in der Eifel hingegen hatte ich das Gefühl, dass die Köchin wohl ansonsten im Altersheim kocht. Gut zu beißen – oder sollte ich bei der Konsistenz eher lutschen sagen – und verdauungskonform ungewürzt.

Ach was war das früher toll, als ich noch als Manager auf diesen teuren Seminaren in genauso teuren Hotels saß! Leckeres Essen, guter Wein dazu, man konnte sich wirklich nicht beschweren. Als ich dann meine spirituelle Suche begann, landete ich zwangsläufig auf verschiedensten Seminaren und Workshops. Das eindeutig schlimmste Essen, war eine Schleimsuppe vor einer Ayahuasca-Zeremonie, einer Visionen erzeugenden Pflanzenzeremonie, bei der man sich mit schöner Regelmäßigkeit stundenlang übergeben muss, deswegen die Suppe. Die kommt genauso elegant hoch, wie sie vorher runter ging. Was mir am häufigsten auffiel, ist die Gewürzarmut und die Unfähigkeit, die Dinge auf den Punkt zu garen. Salz wird ungern benutzt, dabei benutzt man es doch sogar in der Badewanne zur energetischen Reinigung. Oder ist es gerade deswegen knapp? Aber kein Mensch badet in Pfeffer und Chili, warum also nicht ein wenig Schärfe ins Essen? Kalkulierbar sind immer Veranstaltungen, die in kirchlichen Häusern stattfinden. Oft ist auch noch ein Krankenhaus oder ein Altenheim angeschlossen, da weiß man immer vorher, womit man rechnen muss.

Ich habe versucht, Seminarinhalt und Essen in irgendeine Korrelation zu bringen, so richtig ist es mir nicht gelungen. Tatsache ist jedoch, dass ich viel zu oft mit Hunger nach Hause kam. Bin ich zu anspruchsvoll? Gehört es zum guten Ton unter Esoterikern, dass das Essen unwichtig ist? Na ja, wenn ich ein Seminar bekochen müsste und ich wüsste, dass von zehn Leuten sieben kein Fleisch essen, fünf gar Veganer sind und drei nur Rohkost vertragen, bliebe wohl nicht viel als Lösung. Wie wäre es mit geraspelten Möhren und Rettich? Salz, Pfeffer, Essig und Öl kann jeder selbst wählen. Vielleicht stelle ich einfach nur einen Korb mit Möhren und einem Rettich hin, und jeder macht damit was er will. Und wer das nicht will, mit dem fahre ich in die nächste Pommes-Bude? Oder koche ich einfach, was mir persönlich schmeckt und ziehe den Ärger von achtzig Prozent der Teilnehmer auf mich?

Was lobe ich mir doch die Visionssuche, zu der ich mich für den Sommer angemeldet habe. Vier Tage und vier Nächte werde ich mutterseelenallein in den Bergen Kretas ohne jedes Essen verbringen und nach meiner ganz persönlichen Vision suchen. Nur reichlich Wasser werde ich trinken, mich nicht über das Essen ärgern müssen. Nachts werde ich die Sterne am Himmel sehen, weit und breit wird kein Mensch außer mir da sein. Und wenn ich einen Orangenbaum sehe? Gute Frage.

Am Tag nach der Visionssuche wird noch akklimatisiert und der Magen wieder eingewöhnt. Ich habe noch drei Tage in Rethymnon dran gehängt. Dann werde ich eine Tour durch die Hafentavernen machen und bei einem Teller gegrillter Sardinen oder Lammkoteletts mit einem Glas Retsina die Tage in den Bergen noch einmal an mir vorüber ziehen lassen. Ganz langsam. Und sicherlich ein wenig benebelt.

Chakka, chakka!

Wussten Sie, dass es eigentlich Tsjakkaa, tsjakkaa heißt? Wo sind sie eigentlich alle geblieben, die großen Motivationsgurus? Wo sind die Hallen voller Menschen, die sich gemeinsam in Gorilla-Manier auf die Brust schlagen und dabei laut Tsjakkaa brüllen um dann draußen auf der Wiese gemeinsam mit 2.000 anderen Teilnehmern über glühende Kohlen zu laufen?

Schade, ich habe diese Zeit verpasst, was würde ich dafür geben, solch eine Veranstaltung einmal zu besuchen, so was kennt man heute nur noch aus dem Fernsehen. Emile Ratelband hieß (und heißt) der Tsjakkaa-Mann. Anfang der Neunziger Jahre war der Holländer in Deutschland aktiv und bewegte die Massen. Er brachte es bis hin zu einer eigenen Show auf RTL2. Und irgendwann verschwand er wieder. Auf seiner Homepage werden zwar noch neue Bücher angekündigt, doch der Link zur Bestellung funktioniert nicht und auch die Anmeldung zum Motivationslehrgang hakt. Vielleicht hat er sich ja mit seinen Millionen, die er verdient hat, in die Karibik abgesetzt. Verstehen könnte ich es. Bei angeblich 300.000 Kunden jährlich, von denen jeder (damals) 600 DM bezahlte, kommt auch nach Abzug aller Kosten ein erkleckliches Sümmchen heraus. Oder sollte er das alles etwa verzockt haben?

Erging es ihm wie dem zweiten, bekannten Protagonisten der damaligen Zeit, Erfolgscoach Jürgen Höller? Die Bild machte in zu „Deutschlands Motivationspapst“, er war Deutschlands Motivationstrainer Nr. 1. Mit zehn Jahren wollte er angeblich bereits weltberühmt werden, er ist übrigens mein Jahrgang, 1963 hatte also auch seine Schattenseiten.

Höller bildete sich weiter, er las 800 Bücher zum Thema Erfolg, er verarbeitete 150 Audio- und Videokassetten und besuchte 120 Seminare. Die Richtigkeit seiner Lehre bewies er mit Villa, Ferrari und allem, was Reichtum in den Augen von Lieschen Müller so repräsentiert. Seine Tagesgage betrug nach eigener Aussage bis zu 20.000 Euro, er schulte jährlich 100.000 – 250.000 Menschen zu Preisen von um die 1.000 Euro täglich. 2003 wurde er wegen vorsätzlichem Bankrott usw. zu drei Jahren Haft verurteilt, er ist pleite. 2004 wird er vorzeitig entlassen. Wo er heute ist? Keine Ahnung.

Doch was ist das, da gibt es eine neue Internetseite von Herrn Höller. Und er bietet ein Seminar in Deutschland an, das Power-Day-Seminar. Wenn ich innerhalb von 72 Stunden buche, bezahle ich anstatt des Normalpreises von 150 Euro nur 49 Euro. Und darin enthalten ist dann auch gleich die zweite Person, die mich kostenlos begleiten kann. Wie funktioniert denn das mit den 72 Stunden eigentlich, weiß der etwa, wann ich das erste Mal auf seiner Seite war?

Sollen wir uns noch einen dieser Gurus anschauen? Was, Sie haben keine Lust? Ich auch nicht. Und falls wir uns zufällig im September bei Jürgen treffen, wir kennen uns nicht, klar? Mit diesen Motivationsgurus ist es wie mit Tutti Frutti, Big Brother und Rosamunde Pilcher: Keiner guckt´s, aber alle wissen Bescheid…

Spiegelbild

In einem Workshop, es ist der erste Tag und die erste Übung nach der Vorstellungsrunde.

„Jetzt gleich, wenn ich Euch die erste Übung erklärt habe, sucht sich bitte jeder einen Partner und zwar genau den, der ihm am unsympathischsten ist!“

Waaaas? Was ist das denn für eine peinliche Idee! In rasendem Tempo geht mein Blick durch die Runde der anderen Teilnehmer. Warum gucken die mich denn alle an? Nee, ach komm, die wollen doch nicht etwa zu mir kommen? Nur weil ich anfangs so ein paar Witze über diese Esoterik-Kurse gemacht habe? Ganz ruhig, Olli, nicht die Nerven verlieren. Überleg mal, wenn Du sitzen bleibst, läufst Du Gefahr, dass zwanzig Leute auf Dich zustürzen und der Tag versaut ist. Außerdem kann ich doch nicht neunzehn enttäuschen, wenn ich nur mit einem arbeiten kann. Da ist es die bessere Taktik, wenn ich als erster loslaufe und mir aktiv jemanden selbst aussuche. Da hinten rechts im Stuhlkreis, da ist mir schon vorhin eine aufgefallen. Eine von denen, die keiner Fliege etwas zuleide tun können, die so salbungsvoll, leise und liebevoll sprechen, dass man meinen könnte, sie gäben jemandem die letzte Ölung. Oder soll ich besser diese Öko-Tante nehmen, die mit den dicken Wollsocken passend zum Pullover gestrickt, die offensichtlich voll auf Natur setzt, denn ein Deo scheint sie nicht zu kennen, wie ich im Vorbeigehen gerochen habe. Aber wie soll ich denn mit der arbeiten, wenn ich ständig diesen Geruch in der Nase habe. Hatte ich bereits erwähnt, dass ich mit schlechten Gerüchen überhaupt nicht kann? Ich kann doch nicht zu dieser Elke gehen und sagen: „Hallo, ich finde Dich Scheiße, sollen wir die Übung zusammen machen?"

Die Gesichter der anderen drücken ähnliche Gedanken aus. Sollen wir uns schon nach einer Stunde jeder einen anderen Teilnehmer zum Feind machen? Und wenn ich mir einfach die Netteste aussuche und ihr das erkläre? Versunken in meine taktischen Überlegungen bemerke ich gar nicht, dass der Meister bereits das Zeichen gegeben hatte. Vor mir steht die Wollsockenfrau und strahlt mich an.

„Ich bin ja so stolz, dass ich mich getraut habe, Dich zu fragen", gesteht sie mir. Ich kann das Gesicht nur mühsam zu einem Grinsen verziehen.

„Hättest Du mich denn auch gewählt?"

„Weiß nicht, hatte mich noch nicht entschieden", weiche ich aus.

Nach der Übung kommt es dann knüppeldick. Der Meister hält einen Vortrag darüber, dass man an anderen Menschen genau das nicht leiden könne, was man an sich selbst nicht mag und was man oft in die hinterste Ecke verdrängt habe. Andere Menschen würden so zum Spiegelbild unserer Seele, in ihnen sehen wir die Seite an uns, die wir nicht wahr haben wollen - natürlich nur, wenn wir uns über gewisse Seiten des anderen so richtig ärgern. Nur wenn wir emotional reagieren, sind wir selbst involviert. Alles, was uns kalt lässt, hat nichts mit uns zu tun.

Was soll denn das bitte bedeuten? Wenn ich diese Elke furchtbar finde, weil sie ihre Öko-Natur so raushängen lässt, was soll ich denn bitte schön damit zu tun haben? Ich dusche mich morgens, ich habe ein Deo und ich häkle auch meine Socken nicht selbst. Wie, ich soll auf einer anderen Ebene suchen und nicht so oberflächlich sein? Was ich Elke denn vorwerfe? Na, das sieht doch jeder, wie rücksichtslos die ist. Kommt hier auf einen Workshop mit zwanzig Menschen in so einem kleinen Raum, da ist es doch selbstverständlich, dass man nicht riecht, wie ein Holzfäller. Ob ich das für egoistisch halte? Logisch! Und überhaupt, der Mann, der darauf steht, muss ja wohl erst noch geboren werden. Wenn die mal nicht ...

Was? Jetzt aber mal langsam! Ich bin doch nicht egoistisch. Nur, weil die sich nicht wäscht, soll ich egoistisch sein? Nur weil ich mein Ding durchziehe und erwarte, dass andere das respektieren? Ich gehe doch dabei nicht über Leichen. Ich habe ein Ziel und daran arbeite ich, das ist doch was ganz anderes.

Meister, gib mir ein Zeichen!

Sie sind esoterisch interessiert? Oder sind Sie eher der Skeptiker, einer von denen, die erst einmal einen Haufen Bücher zu jedem Thema lesen müssen um dann vielleicht etwas für möglich zu halten –

natürlich immer noch nur eventuell. Klar, es gibt mehr zwischen Himmel und Erde, als wir uns vorstellen können. Wenn ich mir vorstelle, was die Guppies, die ich früher als Kind in einem kleinen Aquarium gehalten habe, für die Welt hielten, kann ich mir ungefähr vorstellen, was ich alles nicht weiß. Unser Aquarium ist größer, viel größer. Aber die Welt ist noch viel größer. Wahrscheinlich. Wir schauen weit in das Weltall und manche meinen zu wissen, dass es vor 16 Milliarden Jahren einen Urknall gab, aus dem alles entstand. Meine Guppies dachten damals, dass das Leben aus einer grünen Gießkanne käme, mit der ich Wasser nachfüllte. Das Logo der Futterdose muss ihnen wie das Abbild Gottes erschienen sein.

Mein Freund Mario ist einer dieser Skeptiker, er glaubt nichts, was er nicht selbst gesehen hat. Außer, wenn es um seine Freundin geht, dann hält er alles für möglich. Mario ist Halbitaliener und verdammt eifersüchtig. Wenn ich dem erzähle, dass sie einen anderen habe, würde er das glauben. Ungeprüft. Aber alles andere, wie gesagt, will er mit eigenen Augen sehen. In gewisser Weise kann ich ihn verstehen. Sind sie es nicht auch manchmal leid, immer diese wundervollen Geschichten von anderen zu hören?

Geschichten von Heilung, wo Gelähmte aufstehen und wieder gehen können, vom Verschwinden eines ganzen Autos durch einen afrikanischen Schamanen, von Wahrsagern, die behaupten, sie hätten die Polizei zum Fundort einer Leiche geführt, vom peruanischen Amazonas-Schamanen, der Krebs im Endstadium heilt… Letztlich habe ich eine Seminarankündigung gelesen, da ging es um nachwachsende Zähne und Organe, war aber leider in Berlin. Dann gab es da noch diesen Heiler, der sich auf Augen spezialisiert hat, wohl ein Kollege von Irina vom „Augen heilen“. Er wirbt damit, dass man nach seinem Seminar keine Brille mehr brauche, ob er dafür auch eine Geldzurückgarantie gibt?

Wir alle haben von diesen Geschichten gehört, kaum einer aber war dabei. Selbst Live-Videos von Wunderheilungen kursieren im Internet. Wenn diese Videos nur nicht immer so amateurhaft und irgendwo im Ausland gedreht wären. Es wird russisch gesprochen, das Bild ist unscharf, was genau geschieht weiß man nicht. Aber selbst ein perfekter Film aus einer modernen Klinik, in dem ein Wunderheiler bei der Arbeit gefilmt wird, würde mich wohl nicht überzeugen.

Ja, wenn ich der Kameramann gewesen wäre... Aber nein, auch dann nicht, ich müsste der Patient sein, nur dann wäre eine Heilung wirklich objektiv nachzuvollziehen. Wie sollte ich ansonsten meine Zweifel verlieren? Voraussetzung wäre wiederum, dass meine Krankheit auch einhundertprozentig sicher und exakt diagnostiziert worden wäre. Man hat doch schon von so vielen Fehldiagnosen gehört und gelesen. Da werden ganze Beine bei der Amputation verwechselt und mancher Patient wacht auf und hat statt einer neuen Niere eine neue Leber. Menschen werden als unheilbar nach Hause geschickt und leben Jahre später immer noch. Ich müsste entsprechend mehrere Ärzte unabhängig voneinander besuchen und mir ihre Diagnose einholen. Infrage kämen selbstverständlich nur die Besten der Besten. Richtig sicher könnte ich mich nur fühlen, wenn die Diagnose einheitlich und tödlich wäre. Wenn mir auch nur einer eine Chance geben würde, diese Krankheit zu überleben, wäre das Experiment gescheitert, wie sollte ich dann noch glauben können, dass der Wunderheiler mich geheilt hätte? Könnte man dann noch glauben, muss man nicht.

Ein letzter Zweifel nagt in mir, die ultimative Frage verbleibt. Wäre ich vielleicht auch sonst ganz von allein durch die Selbstheilungskräfte meines Körpers gesund geworden? Wie kann ich das ausschließen? Ansonsten kann ja jeder kommen und behaupten, er hätte mich mental geheilt. Na gut, wollen wir mal nicht so pessimistisch sein.

Jetzt wird es ernst, ich brauche noch den Wunderheiler, der mich aus dieser Katastrophe herausholt. Stellen Sie sich vor! Alle Ärzte haben Sie aufgegeben, Sie sind darauf angewiesen, einen guten, qualifizierten, zuverlässigen, vielleicht sympathischen und möglichst wohnortnahen Heiler zu finden. Und das zügig! Wo finde ich den, wer kann mir jemanden empfehlen? Gibt es Spezialisten für verschiedene Krankheiten oder ist das alles ein energetischer Abwasch? Muss ich an den Amazonas, in die Anden, auf die Philippinen oder nach Tibet? Was? Sie kennen jemanden in der Eifel? Ist denn der berühmt, war er schon im Fernsehen? Wie arbeitet der denn so? Hat er einen Bestseller geschrieben? Referenzen? Also, ich weiß nicht. Da müsste ich doch von gehört haben. Ich kann jetzt wirklich nicht noch rumprobieren, ich muss mich schnell entscheiden. Ich glaube, ich nehme einen der Heiler aus diesem Film, den ich mal gesehen habe. Der soll fantastische Erfolge haben, die Menschen pilgern geradezu zu ihm.

Gerade habe ich ihn gegoogelt, er hat sogar eine eigene Homepage, ein bisschen dilettantisch, aber das weckt auch irgendwie Vertrauen. Selbst eine deutsche Übersetzung gibt es, nicht schlecht für einen Philipino. Eine Telefonnummer ist ebenfalls angegeben, also rufe ich an. Der nächste freie Termin ist in vier Monaten, nein es geht nicht schneller, der Andrang ist zu groß.

Na, dann nehme ich doch besser den Don Sowieso vom Amazonas. Dessen Homepage ist schon professioneller; tolle Photos, man könnte meinen, man mache Urlaub in einer Dschungel-Lodge. Am Telefon sagt man mir, dass der Chef gerade für ein Jahr in den Dschungel gegangen sei, wo er eine Vision suchen wolle. Nein, es gibt keinen Vertreter, ich solle doch bitte nächstes Jahr noch mal nachfragen. Eine andere Empfehlung? Ja, irgendwo in Mexiko soll es jemanden geben, aber man wisse nicht wer und wo.

Mein nächster Versuch endet schon auf dem Anrufbeantworter, die nepalesische Heilerin lässt sich entschuldigen, sie sei gerade auf Welttournee und kommt erst im Dezember wieder zurück. Morgen setze ich mich ins Auto und fahre in die Eifel. Ich werde erst wieder gehen, wenn ich behandelt wurde und als geheilt gelte. Mir läuft die Zeit davon.

Meister, gib mir ein Zeichen, bitte! Mach es mir nicht so schwer, Dir zu glauben!

Heute rufe ich an!

Elf Uhr abends. Seit einer Stunde schon zappe ich hin und her. Gerade bin ich auf Neun Live gelandet. Wieso erraten denn die Leute nicht, dass die im Kreuzworträtsel gesuchten drei Städte mit vier Buchstaben Paris, Bonn und Roma heißen. Gucken alle nur auf die riesigen Brüste der Moderatorin? Fünf Leitungen sind frei, jetzt legt sie noch ein Geldbündel dazu, gleich rufe ich selber an, wenn ihr das alle nicht gewinnen wollt. Muss nur noch mal gerade eins weiter schalten, da läuft die Astro-Show.

Gerade ist Ludmilla, gebürtige Kasachin, zugange, sie spricht zwar nur gebrochen Deutsch, das aber macht sie in Zusammenhang mit ihren tiefschwarz gefärbten Haaren zu einer echten, authentischen Hellseherin.

„Wasse haben für Problem?“

„Hallo? Hallo?“

„Ja“

„Hallo, bin ich dran?“

„Inne Leitung isse Frau Meier.“

„Ach, Ludmilla, Sie müssen mir unbedingt helfen. Ach Gott, ich bin so aufgeregt. Hab gar nicht damit gerechnet, dass ich durch kommen, ich habe es schon so oft probiert.“

„Ja, Fraue Meier, worum gehen?“

„Ach, Ludmilla. Ich finde Sie super. Ich kann es gar nicht glauben, dass ich mit Ihnen spreche.“ Ein Seufzer ist zu hören.

„Alle werde gut! Mache keine Sorge.“

„Ach, das wär so schön. Mein Mann hat eine andere, er weiß aber noch nicht, dass ich ihm auf die Schliche gekommen bin. Und deswegen wollte ich Sie fragen, ob es noch Sinn macht.“

„Ich musse gucken Karten, bitte jetzt ganze stark denken an Mann.“

Ludmilla haut die Karten auf den Tisch und dreht ein paar um. Dabei schaut sie vielsagend darauf, schüttelt den Kopf, nickt und grummelt etwas vor sich hin.

„Ah, ich sehe. Krise mit Mann, andere Frau hier.“

Schluchzen und Heulen in der Leitung.

„Warten! Ludmilla legen neue Karte.“

„Bitte, Ludmilla. Ich kann nicht mehr, ich halte das nicht mehr aus. Was soll ich denn nur machen?“

„Ah, hier Sie in Karten. Hm, hm, hm. Hier Ihre Mann, das hier andere Frau. Dauern lange, andere Frau aber nicht für immer. Müsse Geduld habe.“

„Wie lange denn noch?“

„Moment, muss Karte gucken. Karte sagt, nächstes Jahr vorbei.“

„Ach Ludmilla, vielen, vielen Dank!“

„Keine Problem, Mann kommen zurück. Helfen gerne.“

Wäre es nicht schön, wenn unser Schicksal von den Sternen abhängen würde, wenn wir es nicht selbst gestalten müssten, sondern einfach in die Karten schauen und uns bequem zurücklehnen?

Knochenbrecher

Was für ein Sadist, wie ein Geier hockt er da auf seinen Handen und macht einen auf lässig. Die zotteligen Haare hängen ihm ins Gesicht, man sieht, dass er ein ziemlich sehniger Typ ohne jedes Gramm Fett ist. Nö, die Figur möchte ich nicht geschenkt haben.

Die Krähe, wie die Position eigentlich genannt wird, ist für einen Mann mit meiner Vorgeschichte, sprich ohne jegliche Yoga-Erfahrung, früher einmal sportlich, nun aber eher aufs Golfspiel konzentriert und ziemlich steif, die reine Provokation. Man hockt, wie gesagt, auf den Händen, die Beine sind angewinkelt, die Knie landen irgendwo in Gesichts- oder Ohrnähe. Braucht kein Mensch, ist was für Selbstdarsteller und Angeber.

Eigentlich hatte ich mir überlegt, dass regelmäßiges Yoga für mich eine tolle Sache wäre. Man wird beweglich, man gewinnt an Kraft und Meditation gehört zumeist morgens sowieso zu meinem Programm. Da macht es doch Sinn, sich die Grundformen des Yogas anzueignen, weiter machen könnte ich dann auch allein zuhause. Meinem Rücken würde es angesichts meiner täglichen Stunden am Computer auch gut tun. Dummerweise scheint die Sache komplizierter, als ich dachte.

Bei einigen Übungen droht mir die teure Brille von der Nase zu fallen. Der Ober-Yogi rät mir, sie doch besser auszuziehen. Der hat wohl noch nie -6,0 Dioptrien gehabt. Ohne Brille sehe ich nicht einmal meine Nachbarin zwei Meter links von mir, geschweige denn das, was der Meister vormacht. Überhaupt geht mir das hier alles viel zu schnell. Ich war in der Erwartung hier, dass dies eine Schnupperstunde für Anfänger wäre, in der wir alle heiß auf Yoga gemacht werden. Ein wenig Wellness, ein wenig Entspannung, elegante Körperbewegungen, sympathische Trainer, das hatte ich hier erwartet. Stattdessen komme ich mir eher vor wie im Boot Camp der amerikanischen Navy. Stummer Drill ist angesagt.

Ein weiteres, ähm, ich meine, **das** Problem, ist die Tatsache, dass ich es nicht kann. Ich kann es nicht, mir fehlt die Kraft, mir fehlt die Beweglichkeit, ich bin mit Abstand der schlappste und körperspannungsärmste Mensch in diesem Raum. Selbst die mopsige Frau hinter mir ist dynamischer als ich. Klar, ich wiege bei 1,90 Meter Körpergröße knapp unter 100 Kilogramm, aber daran kann es nicht liegen. Die Klitschkos wiegen deutlich mehr und sind nur ein wenig größer. Und so schwabbelig bin ich nun auch nicht. Schön, ich habe ein wenig zugesetzt, aber das, was hier gerade abläuft ist ein persönliches Desaster. Yoga hat für mich jede Anziehungskraft verloren und ist ab sofort zu einem Sport für Rohköstler und Spargeltarzans geworden. Ja, ich weiß, Yoga ist kein Sport. Ist schon klar. Ich war aber nicht auf der Suche nach einem neuen Weltbild oder einem persönlichen Weg, ich wollte nur turnen. Ob es das ist, was der Gott aller Yogis mir übel genommen hat? Vielleicht hat er mir deswegen den Pudding in die Arme und den Besenstil in den Rücken gehext.

Leute, das war`s, mich seht Ihr hier nicht mehr. Und sowieso, die Kundschaft hatte ich mir auch ganz anders vorgestellt, Ihr schafft es mit Eurer Optik jedenfalls in kein Yoga-Magazin. Wo sind denn hier die heißen Aerobic-Mäuschen? Ich geh jetzt ins Brauhaus, viel Spaß noch.

Abergläubisch?

Gestern rief mein Freund Pablo an, der mit der Wrestling Show, Sie erinnern sich? Er hat sein Ladenlokal gegenüber in unserer Straße. Während ich im Stuckaltbauladengeschäft sitze, hat er die Sechziger Jahre, die gute alte Zeit des Rockn`Roll, in seinem Laden wiedergefunden. Morgens bevor wir zu arbeiten anfangen, trinken wir schon mal einen Kaffee zusammen und philosophieren über Gott und die Welt.

Pablo hat als Logo für seinen Laden ein Pentagramm, also das Zeichen des Teufels, einen Totenkopf sowie verschiedene andere teuflische Elemente gewählt. Fand ich zuerst merkwürdig, bis er mir erzählte, dass der Teufel früher nicht unbedingt als die Inkarnation des Bösen, sondern eher als der Trickster, der Gauner, gesehen wurde, der den Menschen auch schon mal den Spiegel vorhält.

Pablo ruft mich ansonsten eigentlich nie zuhause an, das machte mich gleich stutzig. Ob der Sack von mir sei, fragte er. Ich hatte keine Ahnung, wovon er sprach. Na, der Sack, der hier an dem kleinen Gitter, das die Platane vor seinem Büro schützt, hängt. Ich verstand nur Bahnhof bis er mir in seiner Nervosität endlich erklären konnte, dass da eben ein kleines, braunes Säckchen am Baumschutz hinge. Dieses Säckchen mache ihm Sorgen, es könne sich schließlich um einen bösen, gegen ihn gerichteten Zauber handeln.

Wenn allerdings ich das Ding dahin gehängt hätte, damit sein Laden etwas gute Energie abbekäme, wäre das natürlich ok. Ich musste lachen, das durfte doch nicht wahr sein. Der König der Wrestler war abergläubisch. Und zwar richtig. Also, wenn das Säckchen nicht von mir wäre, dann würde er es jetzt verbrennen, meinte er. Ich konnte ihn gerade noch davon abhalten mit dem Hinweis, dass ich es mir doch vielleicht besser selbst vorher anschauen würde. Wer weiß schon, was darin ist. Besser, er ließe erst einmal die Finger davon. Damit war er einverstanden.

Eine Stunde später stand ich vor besagtem Voodoozauber. Ganz vorsichtig beugte ich mich hinunter. Dort hing ein kleiner Stoffsack aus beige-braunem Gewebe, wie man sie z.B. im Mexico für ein paar Cent kaufen kann. Ich stieß ihn an und stellte fest, dass jedenfalls nichts Schweres darin war. Pablo beobachtete mich aus sicherer Entfernung aus seinem Laden heraus.

Vorsichtig nahm ich nun das Säckchen ab und öffnete es ganz langsam. Man weiß ja nie. Ich konnte mir ein Grinsen nicht verkneifen, sorgte aber dafür, dass Pablo es nicht sah. Im Sack war – nichts. Eher sah es so aus, als ob irgendjemand den Sack auf der Straße verloren hatte und ein Finder ihn dort hingehängt hatte, damit man ihn sah. Also hängte ich ihn ebenfalls wieder dorthin und ging in mein Büro.

Pablo kam aufgeregt hinter mir her und zeterte, was denn jetzt wäre. Was ist drin, wieso lässt Du das Ding hängen? Ich sagte ihm, dass nichts drin sei. In seinen Augen sah ich den Kampf, den er mit sich austrug. Doch er wagte es nicht, den Sack zu überprüfen, lieber verschwand er in seinem Laden.

Am nächsten Tag, als ich wieder zurück ins Büro kam, war der Sack weg. Pablo hatte all seinen Mut zusammen genommen und ihn verbrannt. Der potenzielle Voodoozauber, den das kleine Säckchen hätte besitzen können, hatte ihm keine Ruhe gelassen.

Klangschalensalat

Gehören Sie auch zu den Menschen, die sich schnell für Neues begeistern? Mensch, was habe ich im Laufe meines Lebens nicht alles gesammelt. Angefangen bei Briefmarken, Mineralien und Kakteen als Junge bis hin zu allem möglichen Esoterik-Brimborium heute. Dazwischen tauchten mehr oder weniger lange Phasen der Leidenschaft für Zierfische, die ich in immer größer werdenden Aquarien hielt, Orchideen, die sich häuften, weil doch bitte schön immer auch etwas Blühendes dabei sein sollte und nicht nur Grünzeug, sowie Chemikalien, die ich im Keller meiner Eltern wild mischte. Ein Wunder, dass mir nur ein paar Erlenmeyerkolben und nicht das ganze Elternhaus um die Ohren geflogen sind.

Und dann kam der Tag, als ich vom Schamanen nach Hause radelte und mich entschloss, dass dies ab sofort Fokus meiner freien Energien werden sollte. Seitdem sammle ich Bücher. Nicht, dass ich nicht schon vorher gelesen hätte, aber das war nichts im Vergleich zu dem Volumen der letzten Jahre. Ich fing an, alles, was ich über Schamanismus finden konnte, zu kaufen. Hinter der Verlagsbranche muss ein mafiöses Gebilde stecken, dachte ich oft. Kaum war ich mit einem Buch durch, hatte ich darin so viele interessante Quellen und Literaturhinweise gefunden, dass ich zehn neue Bücher im Schrank hatte. Dieses legale Schneeballsystem begrub mich nach einigen Monaten unter sich. Noch heute habe ich mehrere Meter an Büchern im Regal, die darauf warten, dass ich sie doch endlich lesen möge. Doch ich habe Angst. Sie werden sich vermehren, sobald ich sie berühre. Sie locken mit Wissen, gar mit der Erleuchtung, sind aber in Wirklichkeit nur Komplizen eines Verbundes aus Ego und Verlagen. Sie wollen mich, mein Geld, meine Seele.

Da gibt es Abteilungen der alten Mystiker, dann den ganzen Bereich der asiatischen Religionen und Philosophien, verschiedenste Bücher über Heilmethoden, Selbsthilfebücher nach dem Motto „Hilf Dir selbst, sonst hilft Dir keiner", eine Menge an esoterisch-spirituell-mystischen Romanen, Berichte über ursprüngliche Völker aus allen Erdteilen, Bildbände und dazu die Bereiche Philosophie, Psychologie, Physik, Biologie und Coaching. Weitere Regalmeter werden von Einzelkämpfern gefüllt, die ich keinem Thema zuordnen konnte.

Nun lassen Bücher sich relativ gut und platzsparend aufbewahren, viel schlimmer ist es mit dem ganzen Zubehör, das ich mir im Laufe der Jahre ebenfalls zugelegt habe. Als Schamane brauchte ich Rasseln, Muscheln verschiedener Größen, Heilsteine, Quarze und Kristalle, Räucherwerk, Kerzen und Trommeln. Verschiedenste andere Dinge wie eine Kiste von kleinen Plastiktieren und Playmobilmännchen sind für das Coaching notwendig. Anderes kauft man sich, weil es eben so hübsch dekorativ aussieht.

Einmal einen Klangschalenworkshop mitgemacht, sah ich mich von einem unsichtbaren Geist genötigt, mir auch ein Set zuzulegen. Schon immer legte ich Wert auf Qualität, also kaufte ich natürlich etwas Vernünftiges, keine chinesische Billigware. Toll, diese Schwingungen, die die Schalen abgeben. Bestimmt kann man damit die tollsten Dinge machen, andere heilen damit. Die Schwingen der richtigen Schale bringt die energetische Schwingung Ihres Körpers und Ihrer Seele wieder in Einklang, wieder eine Wissenschaft für sich. So ganz konnte ich mich nie an dieses Wortlose gewöhnen, ich rede auch schon mal ganz gerne dabei, dieses Glockenspiel war nicht so ganz meins.

Reich werden bei all diesen Dingen nur die Händler. Wie schon im großen kalifornischen Goldrausch Mitte des 19. Jahrhunderts verdienen die Hersteller und Verkäufer der Schaufeln, Siebe und

Pferde immer. Sie waren die Gewinner, die meisten Goldsucher starben arm – aber nicht alle.

Na ja, was soll´s. Jetzt haben wir eine wunderschöne Salatschüssel, die dummerweise immer sehr schnell anläuft, und drei Windlichter, die garantiert ob ihres Gewichtes nie davon fliegen werden…

Budda bei de Fische

Machen Sie sich keine Hoffnung, dies ist keine esoterische Geschichte. Nein, hier gibt es nichts Spirituelles zu entdecken, niemand wird durch den Kakao gezogen. Eher geht es um Legastheniker. Aber darüber macht man schließlich keine Späße. Witze über körperliche Gebrechen, Rasse oder ähnliches verbieten sich von selbst. Oder man versucht gerade auf diesem Wege berühmt zu werden. Aber ich will die Geschichte gar nicht künstlich in die Länge ziehen.

Wir waren letztens in einem dieser Familienhotels, die damit werben, dass hier auch Papa und Mama einmal Urlaub machen können. Für die Kleinen sorgen rund um die Uhr Profis. Man gibt sein Kind beim Einchecken am Empfang ab und bekommt es kurz vor der Rückfahrt ins Auto gesetzt. Zwischendurch winkt man der Kleinen mit dem Campari in der Hand kurz zu und vertieft sich wieder in anregende Gespräche in netter Atmosphäre. Oder man verschläft einfach den Nachmittag am Pool. So jedenfalls war meine Vorstellung.

Gut, das Hotel sah auf den Fotos nicht gerade spirituell oder romantisch aus. Die kleine Hütte am Strand von Panama damals war einen Tick idyllischer gewesen, aber das alles gibt man doch gerne für so ein kleines Familienglück auf. Hier gab es dafür einen Süßwasserpool und Apartments mit Kinderzimmer und allem, was die Kleinfamilie so im Urlaub braucht.

Zum All-Inclusive-Angebot gehörte auch eine familiengerechte Vollpension, sprich man kochte ohne Salz und Gewürze. Mögen Sie Hipp? Wenn Sie sich eine Woche davon ernährt haben, ist schon eine stinknormale Currywurst exotisch scharf. Aber was beschwere ich mich, dann werden die Nudeln und Pommes eben nachgewürzt.

Der Haken bei der Sache war ein ganz anderer. Die anderen Eltern hatten nämlich unerwarteterweise auch ihre Kinder mitgebracht. Das Gelände war 24 Stunden durchgehend von Kindern besetzt, die von ihren lächelnden Eltern beobachtet, Räuber und Indianer spielten. Statt eines lieben, gut erzogenen Kindes hatten wir plötzlich 50 Rotzlöffel aller Altersklassen um uns herum.

Unsere Tochter hatte sich gerade angewöhnt, die Finger in die große Schüssel mit der Margarine zu stecken und diese löffelweise zu verschlingen. Zu klein um Margarine zu sagen, entschied sie sich stattdessen für Budda. Kurzfristig gelang es uns Ihr für das Leben im Hotel beizubringen, die Margarine mit dem Löffel zu nehmen. Eigentlich unnötig, wenn man die Kinder am Nachbartisch mit dem Zuckerstreuer im Mund sah.

Die Attraktion des Speisesaales war ein großes Aquarium, vor dem die Kinder ehrfurchtsvoll standen und beobachteten, was der große Feuerfisch wohl mit dem kleinen Wels anfangen würde. Wie die beiden das Gekreische all der herumjagenden Kinder nur ertragen konnten, war mir nicht klar. Fische sind stumm, aber nicht taub, oder? Was soll ich sagen, unser Aufenthalt war am dritten Tag sowieso beendet, denn plötzlich hörte ich ein lautes Schimpfen in unserem Rücken.

Als ich mich umdrehte, erblickte ich meine Tochter mit der Bedienung im Kampf um einen Löffel. Mit Entsetzen sah ich, dass unsere kleine Tochter großzügig mit diesem Löffel Margarine in das Aquarium beförderte und dabei juchzte: „Budda bei de Fische…“

Nächstes Jahr fahren wir wieder ans Meer.

Zeitrutsche

Es ist Samstagmorgen, wir sind ganz früh dran. Kein Mensch ist auf dem Spielplatz, die Rutsche ist unser Reich. Meine Tochter ist begeistert, dass Papa mit ihr rutscht. Ich schleppe mich die Leiter hoch, so ganz auf Temperatur ist mein Körper noch nicht. Oben angekommen, fühle ich mich wie auf dem 3-m-Brett im Schwimmbad, es sieht halt immer viel höher aus. Noch über mir zwitschern die Vögel in der großen Buche, die mitten auf dem Spielplatz steht und um die eine große, runde Bank gebaut wurde. Dort werden später die Mütter sitzen und den Vormittag erschlagen. Ein Spielplatz ist immer noch der ruhigste Ort, wenn man ein Kleinkind hat.

Ich rutsche, gewinne Fahrt und werde immer schneller. Ich gerate ins Träumen, eine Zeitreise beginnt. So muss es vor 42 Jahren auch gewesen sein, als ich mit meiner Oma auf dem kleinen Spielplatz in der Siedlung rutschen ging. Schaukel und Sandkasten hatten wir selbst im Garten, doch die Rutsche war etwas Besonderes.

Begeistert rutsche ich immer wieder, wechsle mich mit anderen Kindern ab. Längst habe ich verstanden, dass es wichtig ist, welche Hose ich beim Rutschen anhabe, um möglichst schnell zu werden. Eines Tages will ich Zoo-Direktor werden. All die Tiere, die ich aus den abgelegten Biologiebüchern meiner Tante, der Lehrerin, kenne, will ich dort züchten. Später wird mein Traumberuf Fußballtorwart bei Schalke 04 sein.

„Hallo?"

Ich komme zurück aus meinen Gedanken. War ich nicht gerade herunter gerutscht? Noch immer stehe ich oben auf der Rutsche. Unten steht ein kleiner Junge, der genau diese komische karierte Hose trägt, wie ich sie als Kind hatte. Zudem hat er eine blaue Jacke und eine rote Pudelmütze an, die auch so aussehen, wie meine damals. Der sieht genauso aus, wie ich als Kind, denke ich.

„Wer bist Du denn?"

„Olli! Genau wie Du."

Das darf doch nicht wahr sein. Wieso stehe ich als Kind vor mir? Doch mir bleibt gar keine Zeit zum Nachdenken.

„Was bist Du denn von Beruf?"

„Au, das ist eine lange Geschichte. Eigentlich bin ich Bauingenieur, jetzt aber arbeite ich mit Menschen und hin und wieder schreibe ich Bücher."

„Was, Du bist kein Zoo-Direktor? Wieso nicht? Du weißt doch, dass wir immer Zoo-Direktor werden wollten."

„Ja schon, aber es ist alles anders gekommen."

„Wie anders, was heißt das?"

„Weißt Du, als Kind hat man viele Ideen und Träume, doch wird man erwachsen. Und irgendwann hat man die Träume der Kindheit vergessen. Ich weiß nicht einmal, wann das geschehen ist. Damals hatte ich eine kleine Kiste, eine Blechdose, in der vorher Lebkuchen waren. Darin habe ich alles aufbewahrt, was mir lieb und teuer war.

Diese Kiste habe ich im Garten vergraben. Vielleicht habe ich damals zugleich auch meine Träume darin vergraben?“

„Hmm. Aber jetzt weißt Du es ja wieder, können wir jetzt nicht Zoo-Direktor werden?“ Es irritierte mich, dass er immer „wir“ sagte.

„Dafür ist es jetzt zu spät. Schau, das ist Deine Tochter. Wir sind verheiratet und ich muss Geld verdienen.“ Es war ein komisches Gefühl, „wir“ zu sagen.

„Aber, wenn Du weißt, wo Du die Kiste vergraben hast, können wir sie doch wieder ausgraben und die Träume freilassen, oder?“

„Ich denke, ich habe die Träume schon lange wieder befreit. Früher wollten wir Zoo-Direktor werden, aber auch Träume wachsen und verändern sich. Heute sind wir Coach, geben schamanische Seminare und schreiben Bücher. Auch nicht schlecht, oder?“

„Macht uns das Spaß?“

„Ja, großen Spaß. Vielleicht ist es sogar besser als Zoo-Direktor zu sein.“

„Besser als Zoo-Direktor geht nicht. Aber unsere Tochter sieht ja total glücklich aus. Die klettert genauso schnell wie ich.“

„Ja, sie kommt sehr auf Dich. Vielleicht wird sie ja eines Tages Zoo-Direktor werden.“

„Paaapaaaa!“ hörte ich meine Tochter rufen. Ich drehte mich um nach Ihr. Sie wollte auf der Schaukel angestoßen werden. Als ich wieder zum Fuß der Rutsche schaute, war er weg, der kleine Junge. Verdutzt suchte ich ihn auf dem gesamten Spielplatz, doch er war nicht mehr zu sehen.

„Olllliiiii?“

Keine Reaktion. Meine Tochter schien das witzig zu finden. Sie rief ebenfalls laut: „Olllliii!“

Ich fragte Sie: „Hast Du den kleinen Jungen gesehen?“

Sie antwortete mit großer Selbstverständlichkeit: „Olli. Olli immer hier. Spielen.“

Von da an hatte ich auf diesem Spielplatz immer das Gefühl, dass mich jemand beobachtet und darüber wacht, dass ich genau das mache, dass „wir“ für „uns“ wollen. Den kleinen Jungen habe ich nie mehr gesehen.

Lizenz zum Träumen

Dies ist eine traurige Geschichte, ein Erlebnis, das zeigt, was falsch verstandene Spiritualität bewirken kann. Maria M. aus Hessen schrieb mir einen Brief, in dem Sie mich bat, doch bitte für einen ihr bekannten Heiler V. zu „träumen“.
Der Heiler hätte Geldsorgen und ich mit meinen Fähigkeiten hätte doch sicherlich die Möglichkeit, alles wieder gut zu träumen. Sie selbst würde zwar auch bereits seit Jahren schon fleißig affirmieren und visualisieren, wäre aber letztendlich nicht so erfolgreich, weil es sie zu sehr erschöpfen würde. Das Manifestieren sei halt doch enorm kraftraubend. Kraft, die sie nicht mehr hätte, da sie doch alle Energie im Tempel verloren hat, wo sie lange gelebt hat. Außerdem dauere es so furchtbar lange, wenn Sie etwas durch Visualisierungen in die Welt setzen wolle.

Da ich aber bei den Schamanen in Südamerika gewesen sei – ich war zwar bei Schamanen und ich war in Südamerika, ich war aber nie bei Schamanen in Südamerika – könne ich doch sicherlich etwas für V. tun. Ein paar Tage später hatte ich sie am Telefon und sie schilderte mir nochmals Ihr Anliegen.

Auf meine Nachfrage, ob sie wirklich glaube, dass man durch reine Visualisierung die Realität verändern könne, bekam ich ein

„Natürlich" zu hören. Auf meine zweite Frage, ob sie es denn schon einmal geschafft habe, war die Antwort: „Nein, weil ich es ja nicht jeden Tag zweimal gemacht habe. Wenn man es morgens und abends macht, dann manifestiert sich die Visualisierung irgendwann. Das war aber zu anstrengend für mich und ich halte das nie durch."

Zudem müsse sie die doppelte Last des Lebens tragen, ergänzte sie, da sie Single wäre, was noch mehr Kraft als das Tempelleben erfordere. Mit Männern wolle sie aber nichts mehr zu tun haben, die hätten ihr immer die Kraft geraubt.

Eine geschlagene Dreiviertelstunde drehten wir uns im Kreis. Ich lehnte es ab, im Leben Dritter herumzupfuschen, die möglicherweise von ihrem fremdbestimmten Glück gar nichts wussten. Sie meinte, ich wolle nicht und wolle nur Geld machen, wovon ich mit keiner Silbe gesprochen hatte. Ich wollte nicht ihr Geld, ich wollte ihr klar machen, dass Sie vielleicht zu hohe Erwartungen an irgendwelche Gurus habe, die ich jedenfalls nicht erfüllen kann und will. Ihre Uneinsichtigkeit ging mir nach und nach auf die Nerven. Meine Sturheit muss sie mindestens so genervt haben. Wir beendeten das Gespräch.

Das Mäuse-Orakel

Paul, der Krake, der so hervorragend die Fußballergebnisse der WM 2010 vorausgesagt hat, ist tot. Ein schielendes Opossum soll seinen Platz nun einnehmen – nicht mit mir. Schließlich hat meine kleine Tochter zwei Mäuse, die als Orakel geradezu prädestiniert sind. Diese Mäuse leben tagsüber die meiste Zeit in einem kleinen Häuschen aus Sperrholz, dass ich für die beiden mit meiner Laubsäge eigenhändig gebastelt habe. Ökologisch korrekt ist es nicht lackiert oder behandelt, insofern muss ich alle paar Monate ein neues bauen. Mäusepisse ist aggressiv und setzt sich fest!

Seit ein paar Monaten habe ich das Häuschen verändert, nun hat es zwei Eingänge. Zuerst war die Idee, zwei Häuschen zu bauen, doch dafür ist der Käfig zu klein, und außerdem müsste ich ständig zwei Häuschen erneuern. Nun ist es aber nicht so, dass jede der Mäuse jetzt einen eigenen Eingang hat. Nein, es gibt einen „JA"-Eingang und einen „NEIN"-Eingang. Seitdem entscheidet unsere gesamte Familie nichts, ohne nicht vorher zumindest einmal das Mäuse-Orakel befragt zu haben. Die Mäuse wissen viel besser, was richtig ist, sie nehmen den rechten oder linken Eingang und entscheiden.

Neuer Job oder nicht? Henni fragen. Henni ist das Weibchen. Regnet es am Wochenende oder nicht? Karl ist bei Wettervorhersagen unschlagbar. Rot- oder Weißwein zum Essen? Das Mäuse-Orakel gibt Antwort. Bei wichtigen Fragen kommt bereits die ganze Straße zu uns gepilgert. Das neueste Mäuseheim hat logischerweise jetzt eine eingebaute Spendenbox. Schließlich wollen die Mäuse fressen!

Eine Webcam überträgt das Geschehen live ins Internet. Natürlich müssen Sie Mitglied werden, das Jahresabo bekommen Sie schon für 24,95 Euro incl. MwSt. Ihre Fragen stellen Sie über ein Chat-Modul. Das haben Sie in Nullkommanix wieder reingeholt.

Übrigens ist eine weitere Modellreihe in Planung. Aus aktuellem Anlass kommt das Model UEFA. Ein dritter Eingang berücksichtigt auch das Unentschieden im Fußball, nur mit „JA" und „NEIN" war das irgendwie doof. Ich bin noch ein wenig unentschlossen, ob ich es in Form eines Fußballs gestalten werde oder einfach wie gehabt. Vielleicht mache ich eine Ausnahme und lackiere es schwarz-weiß, da ist es nur noch eine Frage der Vermarktung bis alle Papas in

Deutschland, ach was rede ich, in ganz Europa, ihren Kindern eine Maus geschenkt haben. Und jede Maus braucht doch ein Häuschen... Toto-Fußballwetten können einpacken, Mäuse beherrschen die Bundesliga.

Können Sie schweigen? Versprechen Sie mir, nichts weiter zu erzählen? Ich arbeite an einem todsicheren System, das die Lottogesellschaften ruinieren wird – ein Mäusehaus mit 49 Türchen. Sie verstehen, oder? Aber der Clou wird das tragbare Spielbankorakel für die Handtasche. Lassen Sie sich überraschen!

PS: Kinder sind ja nicht dumm. Seit gestern drücke ich 33 % der Einnahmen an meine Tochter ab, die mir gedroht hat, mir ansonsten die Mäuse wegzunehmen.

Lottogewinn mit dem I Ging oder: Der unheimliche Besucher

Plötzlich stand er vor mir, der unheimliche Besucher. Völlig versunken in das Schreiben meines neuen Buches hatte ich nicht bemerkt, wie er durch meine Praxistür eingetreten war. Im Augenwinkel hatte ich zwar gespürt, dass sich jemand die Fensterauslagen ansah, jedoch nicht weiter darauf geachtet. Hier in meinem Viertel lebt ein buntes Völkchen, Köln-Ehrenfeld gibt sich gerne das Image eines aufstrebenden, von Künstlern geliebten Stadtteils. Junge Akademikerfamilien bauen in Hinterhöfen alte Gewerbehallen zu interessanten Wohngebäuden um, vorne wohnen

Hartz IV-Empfänger – die mit dem Kissen auf der Fensterbank – und die, die hier schon immer gewohnt haben. Der Ausländeranteil ist hoch, irgendwo muss auch ein Heim für Rom sein, die im Viertel die Prospekte verteilen. Alles in allem Multikulti pur - solange man nicht als Frau zu spät abends durch manche Gasse läuft.

Mein Besucher war nun nicht so groß und kräftig, als dass ich mir hätte Sorgen machen müssen. Eher einfach gekleidet mit Jeans und alter Lederjacke, die Haare zu einem Zopf zusammengebunden, hatte er in einer Plastiktüte etwas, das er eng umklammert hielt. Seine Aufregung war ihm anzusehen. Wollte er Geld? Hin und wieder kommt das hier vor.

Doch er stotterte sehr höflich, dass er schon lange überlegt hatte, mich aufzusuchen und ob er einen Termin brauche. Wir setzten uns und er erzählte mir seine Geschichte. Er meditierte seit langem, beschäftigte sich viel mit dem I Ging und seit 1995 arbeitete er daran, die Lottozahlen vorherzusagen. Um mit seinem System den Jackpot zu knacken, saß er jetzt bei mir, da ich doch auch hypnotisieren würde. Für einen Schamanen müsste das doch ein Klacks sein, meinte er. So kurz und knackig sprach er leider nicht, bis ich dies verstanden hatte, war eine halbe Stunde rum und ich rutschte schon nervös auf meinem Sessel hin und her. Ein Fall für einen Therapeuten, keinesfalls jedoch für mich, das war offensichtlich. Ich war überfordert und keinesfalls zuständig. Meine Empathie verließ mich mehr und mehr.

Als ich ihm sagte, dass ich weder hellsehen könne noch jemanden kenne, der je die Lottozahlen vorhergesagt habe noch überhaupt je davon gehört hatte, wachte er auf, griff in die Plastiktüte und holte ein Buch heraus. Das Buch war offensichtlich in ständigem Gebrauch, zerfleddert wie es aussah. Das I Ging für Manager stand darauf. Er blätterte nervös bis er eine ganz bestimmte Stelle fand, tippte mehrmals belehrend mit dem Zeigefinger darauf und las dann laut und predigend: *Suche Dir Unterstützung, sei hartnäckig. Verfolge Deine Ziele, sei stark und lass Dich nicht von Deinem Weg abbringen. Man wird versuchen, Dir Dein Projekt auszureden, lass das nicht zu …*

Er hatte das Orakel befragt und dieses hatte ihm also geraten, zu mir zu gehen. Und alles bewahrheitete sich, was dort stand. Offensichtlich hatte er nun jedoch kein so gutes Gefühl mehr angesichts meiner Skepsis. Hilflos sackte er zusammen und meinte, es sei vielleicht doch keine gute Idee gewesen, so spontan zu mir zu gehen. Ich gestehe, ich war ebenfalls hilflos. Ich fand noch heraus, dass er keine Arbeit und keine Freunde hat, dass er sehr zurückgezogen lebt und dass ich der Einzige bin, mit dem er über sein Projekt gesprochen hat. Er tat mir leid, was nicht gerade eine professionelle Coach-Haltung ist. Aber es war zu spät. Ich konnte nicht mehr herausfinden, ob er denn in den 16 Jahren, die er schon an seinem Projekt arbeitete, die richtigen Zahlen getippt hatte. Er meinte, dass er solange nicht getippt habe, bis sein Erfolg sicher sei. Auch seine Übungsergebnisse hatte er nie nachvollzogen, weil es ja sinnlos wäre, wenn er keinen Schein abgegeben hätte. So würde er doch nur versuchen, die Realität zu beeinflussen. Aber was sei denn schon Realität…

Auf der Messe – Dein Kind

„Entschuldigung, darf ich Ihnen mal etwas sagen?"

Wer ist das denn, was will dieser mild lächelnde Typ von mir?

„Hmm, worum geht´s denn?" Aus Neugierde, was es so an schrägen Ideen auf der diesjährigen Kölner Esoterikmesse geben würde, war ich in die Stadthalle aufgebrochen und spazierte gerade durch die Stände mit Heilsteinen, Wahrsagern und Verkäufern von mannsgroßen Kupferpyramiden, die irgendwelche Energien bündeln sollten. So richtig wohl fühle ich mich auf diesen Veranstaltungen nie, es überkommt mich immer das Gefühl, dass hier zumeist Dinge verkauft werden, die nur dem Verkäufer helfen. Nein, diese Formulierung ist unfair. Ich sollte sagen, sie helfen nur dem, der daran fest glaubt und könnten genauso gut durch einfache Meditation ersetzt werden.

Der selig lächelnde Mann in seiner Messe-Ausgeh-Uniform aus 100 % reiner Bio-Hanfware zeigte auf meine Tochter.

„Ihre Tochter ist ein sehr feiner, sensibler Mensch."

„Aha. Und?" entgegnete ich misstrauisch. Das ist mir durchaus bewusst, ist sie doch mein Fleisch und Blut. Was will mir der Typ den jetzt verkaufen? Kann ich dafür, dass nichts los ist?

„Sie haben Sorgen, nicht wahr?" Auch das noch, ein selbsternannter Weltverbesserer!

„Ach, wer hat die nicht", sagte ich so dahin.

„Sie sollten dies nicht so leicht nehmen, Ihre Tochter tut das nämlich auch nicht. Hat Ihre Tochter gesundheitliche Probleme?"

„Wieso das?"

„Nun, ich sehe, dass sie etwas ganz Besonderes ist. Sie spürt, dass Sie Probleme haben und versucht sie Ihnen abzunehmen. Sie will ihnen helfen, sie liebt sie so sehr, dass ihr kleiner Körper versucht, ihnen beim Tragen dieser Last zu helfen. Sie ist sehr stark und tut, was sie kann für Sie."

Ich war baff. Was wollte der Kerl von mir? Ich hatte nicht vor, mir hier irgendetwas wegmachen zu lassen. Bis gerade eben ging es mir gut, jetzt nicht mehr.

Auch wenn ich mir nicht bewusst war, dass ich keine, das übliche Maß übersteigende Menge an Problemen und Sorgen hatte, hatte dieser Kerl einen Samen gesetzt. Wer überlegt nicht, wenn er so etwas erlebt, ob Neurodermitis, Asthma, nächtliche Schreikrämpfe oder regelmäßiges Spucken möglicherweise ein Symbol für die eigene Unzulänglichkeit ist.

Kinder sind der Spiegel der Beziehung der Eltern. Ist das nicht eine tolle Aussage? Beim ersten Kind passt es immer, beim zweiten wird es schwieriger. Oft ist das zweite ganz anders im Charakter – und die Beziehung der Eltern ist doch noch ziemlich die gleiche. Nichtsdestotrotz empfehle ich als Coach bei Störungen der Kinder immer, dass beide Eltern erst einmal zum Therapeuten gehen. Das Karma der Kleinen sollte nicht als Ausrede für die mangelnde Auseinandersetzung der Eltern mit sich selbst dienen.

Nur eine kleine Sache machte mich stutzig. Ich selbst hatte als kleines Kind regelmäßig Asthmaanfälle gehabt, so dass meine Eltern mit mir als Notfall in Panik immer mal wieder ins Krankenhaus fuhren. In der Grundschulzeit wuchs sich dies irgendwann aus. Und zufälligerweise hat meine Tochter alle paar Monate schwere Atemprobleme, so dass wir mit ihr ebenfalls ins Krankenhaus fahren müssen. Falsch verstandene Solidarität? Oder Zufall?

Quantenheil(-erde)

Jahrelang hatte Toni K., man nennt ihn auch Schwitzhütten-Toni, sich als Heiler durchgeschlagen. Seine kleine Schwitzhütte in der Eifel hatte ihn mehr schlecht als recht ernährt. Obwohl er jedes Wochenende rund ein Dutzend Städter zum Workshop hatte, die sich endlich mal so richtig reinigen wollten, verdiente er nicht viel dabei.

Die Zeremonie dauerte den ganzen Tag. Man trommelte und sang, besserte die Hütte aus und deckte Sie mit Blättern und Zweigen sowie großen Laken zu. Ein Feuer wurde angefacht, in dem große Steine stundenlang erhitzt wurden, so dass Sie später genauso über Stunden ihre Wärme wieder abgeben würden.

Als Bezahlung verlangte er nichts, jeder gab freiwillig, was er für angemessen hielt. Das war oft nicht viel, manchmal hatte er den Eindruck, ein riesiger Magnet für arme Schlucker und verlorene Seelen zu sein. So musste er im Sommer wohl oder übel bei der Ernte auf den umliegenden Höfen aushelfen. Zudem verkaufte er ein wenig selbstgemachten Holundersirup, frische Waldkräuter und auch Heilerde, die er selbst in einer alten Tongrube abbaute. Aber so ist eben das Heilerleben, dachte er.

Eines Tages fiel ihm der Katalog eines großen Esoterikversandhauses in die Hände, den einer der Gäste mitgebracht hatte. Was es da alles so gab, war faszinierend. Wer brauchte all diese Dinge, wer gab dafür Geld aus? Offensichtlich konnte man mit allem Geld machen, es musste nur den richtigen Namen haben. Ein wenig spirituelles Design dazu, gepaart mit einem geschickten Marketingkonzept sollte sich da doch was machen lassen. Toni war es leid, von der Hand in den Mund zu leben und sein altes Holzhaus brauchte ebenfalls dringend mal eine Renovierung.

Das große Thema im Katalog war Quantenheilung. Er hatte davon gehört und eigentlich nichts Interessantes oder Neues entdecken können. Die Schamanen arbeiteten mit diesen Methoden schließlich schon seit zigtausend Jahren. Dennoch schien das Wörtchen „Quanten" eine magische Anziehungskraft zu haben. Etliche neue Bücher mit dem entsprechenden Titel erreichten große Auflagen.

Und so kam ihm die Idee, Quantenheilerde als natürliche Unterstützung für alle Arten der Quantenheilung zu vermarkten. Er entwarf ein neues Etikett für seine Papiertütchen, das nach Weltraum und Schwingungen aussah, und versah seinen gesamten Vorrat an Heilerde mit diesen Etiketten. Den Preis erhöhte er mutig von 2,50 Euro auf 4,00 Euro, es konnte ja nicht viel passieren. Warum sollte er nicht ein wenig teilhaben am Reichtum der anderen? Lange genug hatte er als Gutmensch in seiner Hütte gehaust.

Dann kam ihm die Idee, die sein Leben von heute auf morgen veränderte. Er fasste sich ein Herz und rief bei diesem Versandhaus an. Ob sie nicht vielleicht Interesse an biologisch erzeugter Quantenheilerde hätten. Auf die Frage nach dem Preis geriet er ein wenig ins Stottern und meinte, dass er bei größeren Mengen für 2,50 Euro den Beutel liefern könne. Ob er denn 10.000 Beutel für den nächsten Katalog liefern könne? Toni fiel fast vom Stuhl. 10.000 Beutel in vier Monaten, das macht 80 Beutel täglich. Er würde nicht einmal mehr Zeit haben, das Geld auszugeben. Er sagte zu und hatte wenige Tage später den Vertrag im Briefkasten.

Heute lebt Toni im Sommer in seiner Jugendstil-Villa am Starnberger See, den Winter verbringt er in Marokko. Die Quantenheilerde ist immer noch ein Renner. Der neue Bestseller ist jedoch Matrix-Essenz, das Set aus sieben kleinen Fläschchen mit Chakren-Essenz, parfumartigen Flüssigkeiten, die auf die Schwingung der sieben Chakren eingestellt sind und durch Matrix-Energie aufgeladen wurden. Toni verkauft es weltweit in 25 Länder. Hergestellt wird es in Marokko. Die Kunden sind begeistert, täglich erhält er Post von Käufern, die sich und andere damit von den verschiedensten Krankheiten geheilt haben.

Nur manchmal, in sehr stillen Momenten, wenn er in Marokko abends beim Sonnenuntergang auf seiner Dachterrasse sitzt und auf das Meer sieht, denkt er, was wohl der alte Toni zu seinem neuen Leben sagen würde.

Geld

Sie hatten anfangs die Frage, was Geld für Sie bedeutet, beantwortet? Dann setzen Sie sich besser mal hin und schauen Sie der Tatsache ins Auge.

Geld ist von Natur aus ohne jede Eigenschaft. Geld ist eine leere Leinwand, auf die Sie Ihre größten Defizite projizieren- persönliche Defizite oder Defizite in Ihrem Leben. Bedeutet Geld für Sie Sicherheit? Glauben Sie mir, ich sehe das genauso. Fakt ist aber leider, dass Geld keinerlei Sicherheit geben kann und dass Geld auch nie die Eigenschaft haben kann, Sicherheit darzustellen. Sicherheit ist eine Projektion unseres Egos in ein an sich eigenschaftsloses Ding. Das, was wir in uns nicht finden, unterstellen wir dem lieben Geld und deswegen wollen wir auch mehr davon.

Für mich wäre es natürlich zu schön, wenn auch der ein oder andere Esoteriker diese Übung gemacht hätte und „unmoralisch“ oder „korrupt“ oder „gewissenlos“ als Eigenschaften des Geldes aufgeschrieben hätte. Sie verstehen? Ja, ja, da nützen alle Engel und Geistwesen nichts, solange wir unsere Schattenseite, das Dunkle in unserer Seele, nicht in unser Leben integrieren.

IKE - Die Welt ist, wofür wir sie halten.
(Hawaii)

Weitere Bücher von Oliver Driver

Selbstheilungspraxis beschreibt einen von 89 Übungen begleiteten Weg der Heilung auf Basis uralten schamanischen Wissens. Von einfachen Atem- und Visualisierungsübungen bis hin zum schamanischen Reisen beinhaltet dieser Kurs alles, was Sie auf dem Weg zu Erkenntnis und Heilung benötigen.

Können Sie sich an Phasen der Inspiration erinnern, in denen Sie einfach im Fluss waren, in einer Tätigkeit völlig aufgingen und die Kreativität nur so aus Ihnen hervorsprudelte?
Nutzen auch Sie den Alpha-Zustand, und aktivieren Sie all die kreativen Ideen und Lösungen, die in Ihrem Unbewussten schlummern und darauf warten, von Ihnen geweckt zu werden.

Das Wissen um die Arbeit mit den vier Himmelsrichtungen, den zwölf Monden und den anderen magischen Symbolen, die den Kreislauf der Erde und des Lebens symbolisieren, war nahezu verloren gegangen, bis moderne Schamanen es wiederentdeckten. Sie aktualisierten es, passten es an die heutige Zeit an, sodass Sie nun ein kraftvolles und wunderbares Instrument zur Verfügung haben, das Ihnen zeigt, wo Sie gerade in Ihrem Leben stehen und was Sie verändern können.

Was passiert, wenn ein Ingenieur aus einer zufälligen Begegnung heraus in einer schamanischen Ausbildung landet und diese mit mehr Fragen als Antworten verlässt? Er begibt sich auf eine Reise in die Berge Guatemalas um herauszufinden, was hinter dem Erlernten stehen könnte. Ein spiritueller Neuling trifft auf Aussteiger, Heiler, Schamanen und andere schillernde Gestalten, die ihm einen möglichen Weg weisen.

Das neue Buch erscheint im Oktober 2011!

Erinnern Sie sich an die Träume Ihrer Kindheit? Wovon träumen Sie heute? Kennen Sie dieses unbestimmte Gefühl, dass etwas nicht stimmt, dass es mehr geben könnte, dass das nicht alles gewesen sein kann?

Entdecken Sie Ihre wahren Bedürfnisse und Leidenschaften! Dieses Buch ist ein Leitfaden zu mehr Kreativität und zur Realisierung Ihrer Ziele und Träume. (Titel vorläufig)

CDs Mentaltraining und Trommeln